ALL MISSED,
NO NEED
TO MEET AGAIN

23
Street

林青霞 张爱玲 张晓风 等 著

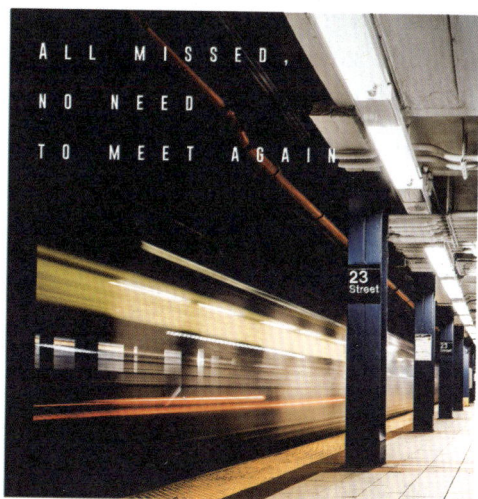

所有错过，
无需重逢

长江出版社
CHANGJIANGPRESS

图书在版编目（ＣＩＰ）数据

所有错过，无需重逢 / 林青霞等著；潘耀明主编
. -- 武汉：长江出版社，2019.9
ISBN 978-7-5492-6554-1

Ⅰ . ①所… Ⅱ . ①林… ②潘… Ⅲ . ①散文集—中国
—当代 Ⅳ . ① I267

中国版本图书馆 CIP 数据核字 (2019) 第 130076 号

所有过错，无需重逢 ／ 林青霞等　著

出　　版	长江出版社	
	（武汉市解放路大道 1863 号　邮政编码：430010)	
选题策划	天河世纪	
市场发行	长江出版社发行部	
网　　址	http://www.cjpress.com.cn	
责任编辑	陈　辉	
印　　刷	北京楠萍印刷有限公司	
版　　次	2019 年 10 月第 1 版	
印　　次	2019 年 10 月第 1 次印刷	
开　　本	880mm×1230mm　1/32	
印　　张	8.25	
字　　数	140 千字	
书　　号	978-7-5492-6554-1	
定　　价	45.00 元	

一生漂泊的远行，谁与你擦肩，你与谁偶遇，其实都是美丽的意外。好好善待自己，过去的能忘则忘，眼前的能不计较就放开，未来的不要想得太多。

不要在一件别扭的事上纠缠太久，纠缠久了，你会烦，会痛，会厌，会累，会神伤，会心碎。实际上，到最后，你不是跟事过不去，而是跟自己过不去。无论多别扭，你都要学会善待自己。

越长大越明白，我们再也不会有未来，现实没有童话剧那么美，我们不会一次又一次地重逢，然后再在一起。

人生，就是一场与生活的

较量。

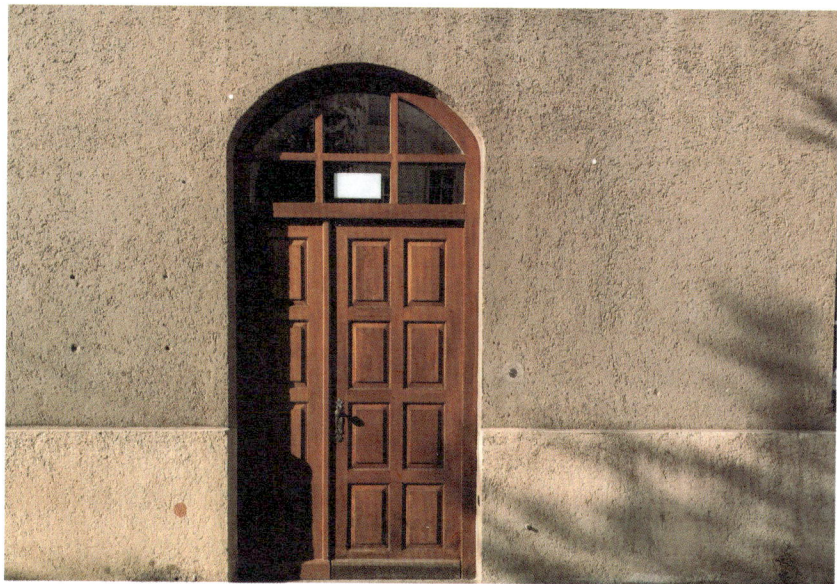

■ ■ ■

我们的一生，究竟有多少坎坷要独自跨越，
又有多少遗憾留给岁月。一路奔波，忙忙
碌碌，相聚分离，过客匆匆；偶遇邂逅，进
进出出，苦辣酸甜，有喜有忧。

繁荣，为难，气恼，这就是生命。

时间好比一把锋利的小刀——用得不恰当，会在美丽的面孔上刻下深深的纹路，使旺盛的青春月复一月、年复一年地消磨掉。

在人生的旅途上行走数十年，回想起来，有些岁月匆匆划过，了无痕迹，二十多岁那年却过得特别长，印象特别深，那是我一生中最灿烂的一年。即使如此，如果要我回到二十多岁重新再走一次，我可不愿意。

人活着就应该像大海一样奔腾不息，无论如何也不能让烦恼绊住自己的脚步。

目录

情字里面有颗心

林青霞

　　从乌甸内（意大利东北方小城 Udine）到香港的归程中，飞机上的乘客多数都睡着了，想到施南生这些天为了我的事，费尽心力，奔波劳累，临上飞机还因为脚肿去看了医生，我想她是疲劳过度了。见她的电视荧光屏还亮着，我走过去慰问她，她满心欢喜地问我："这次获得终身成就奖开不开心？"望着她闪烁着光芒的眼睛，我真心地说："乌甸内远东国际电影节颁给我这座奖杯，我受之有愧，但可以借此机会感谢在电影生涯中帮助过我、影响过我的人，还是值得高兴的。在远赴意大利领奖的过程中，我所感受到的友情和亲情是最珍贵、最值得我珍惜的。"

三个月前施南生受乌甸内国际电影节之托，请我去领终身成就奖，当时我还不知道有这个电影节，施南生说有两位意大利人Thomas和Sabrina，因为看了《重庆森林》，开始对远东电影产生狂热的兴趣，于是萌生出创办电影节的念头，现在乌甸内国际电影节已经办得很有规模，乌甸内也因此而出名，今年是电影节创办二十周年。这两个意大利人能够把远东电影成功地传播到欧洲，这种追求梦想的精神和毅力令我动容，同时我又是《重庆森林》的女主角，这是一件非常有意义的事，再加上施南生愿意陪我去，于是我就答应了。

　　本来女儿爱林要同行，结果因为学校有事只得取消行程。同去的还有Kim Robinson（国际上数一数二的发型设计师），我和南生从香港出发，先在威尼斯待三天，再开车去乌甸内。南生事前为爱林安排的威尼斯文化活动，有参观金箔制作工厂，有夜晚参观圣马可大教堂，有歌剧表演，我们还是照样参加。原来24K的金箔可以吃，可以放在茶里喝，还可以敷脸让皮肤紧绷和细致，我想爱林一定会喜欢。夜晚参观圣马可教堂，教堂里一排排的灯光渐次亮起来，看到铺满金箔的墙壁和天花的镶嵌画，看到大理石地板上各种不同颜色和形状的碎块，以棋盘形排列着，我就会想到学设计的爱林，如果她在，一定会受到很大的启发。

这次看歌剧的形式非常特别，不同的场景在不同的房间和楼层，整出戏观众和表演者换了三个地方。因为没有台上和台下之分，观众仿佛也成了戏里的一分子。表演者唱的是意大利语，我们虽听不懂，但能感受到女主角的悲苦，女主角伸出双手哀怨地对着南生唱，南生入了戏，也伸出双手紧握着她，两人含泪对望，好一会儿才松手。我心想，如果爱林看到这一幕就好了。

四月二十日意大利乌甸内远东电影节开幕仪式上，剧院里座无虚席，场面非常热闹。这样一个意大利朴实小镇，竟然能吸引那么多热爱远东电影的观众，令我惊异。电影节除了放映我的片子，还放了一些中国台湾、韩国、日本、印度尼西亚、新加坡、马来西亚、越南和菲律宾等地区和国家的经典电影。

世界上最为我开心的人

四月二十一日晚上，Sabrina 牵着我的手从后台走出，她在台上诚恳地细说着，二十多年前看《重庆森林》，我扮演的那个女杀手带给她深深的震撼，因此她决定到香港接触亚洲电影。她致辞后，大会安排施南生给我颁奖。两年前南生同样也获得了终身成就金桑奖，她是当之无愧的，在从事电影事业的三十多年中，她参演过六十多部戏，大部分都创下高票房纪录，多次引领电影潮流。

南生一身艳红，摇晃着的两串红宝石耳环闪闪发亮，一头超短黑发，她站在我后方，一心护卫着我，以防我临时出状况，方便就近搭救。

我的英文致谢词，南生一早就帮我起好稿录好音了。从来没有在公开场合发表过英文演说的我，这会儿要面对全世界说一段英语独白。我练了无数次，确保所有的 the、for、that、ed、ing 都念得准确无误。当我在台上把那段话念完，南生悄悄地从口袋里拿出纸巾把眼角的泪水拭去。她是世界上最为我开心的人。

我借此机会，感谢了二十二年里，跟我合作过近百部戏的上千名工作人员，如果他们看到我说的话，就会知道我多么感激他们，我一直记得他们。他们总是默默地工作，却把所有的光环都给了我。我感谢琼瑶姐，如果不是她写的《窗外》，现在的我还不知是什么样子；我感谢第一部戏《窗外》的导演宋存寿和郁正春，如果初踏入电影圈的我没有碰到这样的伯乐，我的未来也不知路在何方；我感谢徐克让我的电影生涯更上一层楼；我感谢施南生永远给我最真诚的忠告，让我在人生的旅途中勇敢地前行；我感谢好友张叔平为我设计的戏服，让我的角色更有说服力；最后我感谢 Thomas 和 Sabrina 把远东电影和文化介绍给欧洲人。

一生中最大的惊喜

拿完奖、致完辞，应该可以下台了，我看大家都不动，这时Sabrina故作焦虑状，抱怨献花的还没来，我还在想，迟一点点献花也无所谓嘛。这时，我突然看到一位穿着白衣黑裤的女孩，抱着一大束红玫瑰从对面舞台走出，感觉似曾相识，看仔细了，原来是我的宝贝女儿爱林，这真是莫大的惊喜！爱林向我飞奔而来，此时，我什么明星风采都抛到九霄云外了，连连大叫"Oh My God！"把她拥入怀里。爱林平常最不爱上镜，最不愿成为焦点人物，她肯这么做，必定是她心中的爱盖过了一切。爱林慌乱中把花抛给了我，南生再次把麦克风递到我手中，我眼眶满是泪水，哽咽地说，因为拍戏所带来的名气，让家人受到太多关注而感到歉意，同时也感谢家人和观众对我的支持和爱护。

爱林的意外惊喜计划，动用了不少人，南生一路精心策划，设置了一个群组每天互通信息，难怪我拿南生电话，她就紧张地抢回去。她安排了一位也要去乌甸内的朋友跟爱林搭同一班飞机，他们二十一号下午才赶到。爱林先被安置在另一家酒店，以免不小心遇见我。晚上到会场，大会的工作人员还把爱林锁到一个房间里，怕我开了门进去，也怕爱林走出来碰到我。这个惊喜计划，从香港到乌甸内，真是个大工程。他们的心思没有白费，这是我一生中最大的惊喜，我永远不会忘记。

南生的友情，爱林的亲情，都在于那颗心，原来情字里面有颗心。

桃花源，台东

林青霞

在台湾，我见到了桃花源，那是台东乡下。那里风景宜人，风吹起的稻禾像一阵阵绿色的海浪，车子开过窄窄的柏油路，两边的绿树随着前行的车向后滑动，树影在车前的玻璃窗上忽明忽暗，空气中掺杂着青草的香味，那一刻，我仿佛回到了童年的时光。这里的夜晚，有各种昆虫、小动物奏起的交响乐。我躺在户外，望着满天星斗，偶尔还有流星划过天际，我兴奋地数着一颗颗流星，赞叹着宇宙的奥妙，感怀人类的渺小，也想起远方的亲人。

白先勇老师每个星期一在台湾大学开三个小时的《红楼梦》课程，刚巧好友金圣华在台湾，于是我带着女儿爱林去听他讲课，从瑞典远道而来的江青，十二月一日也正好到台北，我们就相约下午一起去台大。

听说江青姊第二天要去台东玩两天，我和女儿反正也没事，就跟了去。我们搭普悠玛火车去，车程三个半小时。一行人拖着小行李，见到火车就往上冲，上了车才打听火车是不是到台东，小姐说我们上错了车，她说车快开了，不能下车，慌乱中也不知是不是江青姊按了什么钮，车门竟然开了，我们马上冲下车。好险！要是错过火车台东之行就得泡汤了。

下了火车，第一站是到江青早年在纽约结识的画家江贤二的画室参观，山坡上树木参差，爬上小坡，里面别有洞天，一座座富有艺术性的房子沿着山坡而建，画家夫妇站在山坡上相迎，我们望着远处的海天一色，真是心旷神怡。山中的泳池边摆设的是鲜艳的大型钢铁雕塑，偌大的画室里挂着一幅幅色彩鲜明的画作，据说他是因为到了台东，心情开朗，所以画风也改变了。

"公益平台文化基金会"的发起人严长寿带着我们一行七人到他的朋友家用餐，外面漆黑一片，我跟着大家进了门，入了屋才发现，这是一座韵味十足的建筑，天花板很高，斜斜的大落地玻璃窗，满室的名画和巨型雕塑。女主人瘦瘦高高，长发飘逸，美丽动人，男主人对食物和红酒非常讲究，他在大厅开放式厨房里忙着开酒和准备一会儿要吃的日本牛肉，桌上的花朵摆设很美，女主人说是院子里种的花。那红酒杯的把手很细，杯身很大，杯口稍小，水晶玻璃超薄，我捏着酒杯环顾四周，屋里每一个细节都表现出主人家的品位和细心，心想，他们真是生活艺术家。

第二天严长寿安排我们在一家民宿喝下午茶，刚下车就见民宿主人夫妇从小道迎来，男主人逗趣地对着我说："只问你一个问题，我该怎么称呼你？"我说："青霞！"他笑了，指着墙上四个字"阳光布居"，得意地说："这是我女儿写的。"我们顺着小道往上走，左边一只黑白雪橇狗、一只咖啡色和黑色条纹猫，正懒洋洋地躺在屋前享受午后的阳光，女主人温柔地说："它们是从街上捡回来的流浪狗和流浪猫。"女儿一听是流浪猫，爱心大发地就往怀里抱，小猫身子软软地依偎着爱林，女主人轻声地说："它是被遗弃的小猫，很需要安慰。"这里只有五个房间，间间素净、整洁、朴实，素材简约却有品位，仿佛跟大自然融合在一起。民宿主人态度谦和，女主人对心灵治疗很有心得，男主人幽默而健谈，一边跟我们喝茶，一边大谈山中的传奇故事。他们是从台北来的，据说是男主人工作的公司倒闭，才会来到台东经营民宿，住下来才发觉他们是多么喜爱这个地方。临走前他还表演了一分钟歌剧，逗趣的是那只雪橇狗竟然拉开喉咙仰着头跟他一起高歌，唱完他把手一收，那狗也即刻收声，这真是一个绝佳的娱乐节目。一个愉快的下午匆匆过去，我想，就为了这对夫妇，这里也值得再次造访。

晚餐是西式料理，由一对年轻夫妇打理，太太做招待，先生一人在厨房做菜，餐厅很小，只有六桌，没有招牌，因为在齿草埔，他们称之为齿草埔料理工作室。菜单首页有一行字"将司空见惯的物品，当成未知的事情加以发现，这种感性同样也是创造性"，倒是挺值得玩味的。固定的菜式取名"秋天的森林"，因为春、夏、秋、冬都有不同的菜式。每一道菜上桌，那位身材瘦小、围着米色围裙、脸上绽放灿烂笑容的小妇人都会介绍菜的做法和材料来源。菜单上附有感性的话语，这个餐点色、香、味俱全，每一道菜的摆设都是艺术、都是文化，让人不忍把它吃下肚。甜点则由太太做，不腻不淡恰到好处。酒足饭饱后我们请两位跟我们一起聊天，两位虽然腼腆，却自如地表达着自己的食物理念和人生哲学，他们虽有一流的手艺和技术，却没有想过要飞黄腾达，也不期望到五星级酒店做大厨，情愿默默地守护着家乡这块土地，守护着这里的亲人和小小的料理工作室。

第三天我幸福满满地坐上普悠玛号，回味着台东之行邂逅的四对神仙眷侣，回味他们脸上绽放的喜悦之色，他们都很出色，也都安于简单朴实的生活。

台东还有许多值得回味的地方，它是美丽宝岛的桃花源。我告诉自己，我一定会再回去。

二十余年如一梦

林青霞

那应该是一九八八年秋天的事。严浩约我和三毛吃晚饭，那晚三毛喝了很多。饭后我们又到一家有老祖母古董床的地方喝茶。我们三人盘着腿坐在古董床上聊天，三毛一边在她的大笔记本上涂鸦，一边和我们聊，我觉得有点怪，但也没当回事。严浩问道："你在写什么？"她笑笑："我在跟荷西说话。"（荷西是她的西班牙丈夫，听说在一次潜水中丧生。）她一边画一边笑，还告诉我们荷西说了些什么。她说起曾经请灵媒带她到阴间去走了一趟的故事。于是我们三个人开始研究"死"是什么感觉，最后大家约定，如果我们三个人之中有一个人先离世，就得告诉另外两个人"死"的感觉。

那天晚上回到家，十二点左右，严浩打电话给我，说三毛在楼梯上摔了一跤，肋骨断了，肺也穿破了，正在医院里。严浩那天约我们见面，是想请三毛为我写一个剧本，由他来执导。三毛这一跌，我想剧本也就泡汤了。没想到严浩说："这反倒好，她可以趁着在家疗伤的时间写剧本。"

三毛出院后回到台北宁安街四层楼的小公寓，因为小公寓没有电梯，她有伤又不能下楼，每天需要家人送饭上去。我本想去探望她，同时看看剧本，三毛却坚持要等到剧本完稿后才请我上她家。电话终于来了，我提着两盒凤梨酥上楼，她很体贴地把凤梨酥放在左手边的小茶几上，连说她最喜欢吃凤梨酥。我顺着茶几坐下，浏览着对面书架上放得整整齐齐的书，她注意到我在看那排列整齐的书，她说有时候她会故意把书打乱，这样看起来才有味道。当我坐定后，她把剧本一页一页地读给我听，仿佛她已化身为剧中人。到了需要音乐的时候，她就播放那个年代的歌曲，然后跟着音乐起舞。相信不会有人有我这样读剧本的经历。因为她呕心沥血的写作和全情的投入，因而产生了《滚滚红尘》；也因为《滚滚红尘》，我获得了一九九〇年第二十七届金马奖最佳女主角奖，这个奖也是我二十二年演艺生涯中唯一一个金马奖。

没有三毛，我不会得到这个奖，是她成就了我。当我在台上领奖时，真想请她上台跟我一起分享这个荣誉，但是我没有这么做。这个遗憾一直到了二十年后的今天，还留在我的心里。我们曾经约好，她带我一起流浪一起旅行的，但最后她却步了，理由是她认为我太敏感，很容易察觉到她的心事。通常我和一个人见面，很容易记住对方的穿着打扮，但是和三毛却不一样。我被她的气韵所吸引。她那柔软多情的声音，她对情感的纤细和敏感，她不惜一切地追求她向往的爱情，她也喜欢谈论人世间的爱恨情仇和悲欢离合。虽然我们见面不超过十次，但是每次她都能带给我不一样的感受。

金马奖颁奖后没多久，我还没来得及多谢她，她就走了。现在回想，就在她临走的那天晚上，我打电话到她家，电话铃声响了很久也没人接，第二天早上，因为有事打电话到荣民总医院找朋友，竟骇然听到，三毛在病房的洗手间里，用丝袜结束了她浪漫的一生。她走后没多久，我在半夜三点钟接到一通电话，对方清脆地叫了声"青霞"！然后声音渐渐由强转弱地说着："我头好痛，我头好痛，我……"我心里纳闷：这到底是谁在恶作剧？三更半夜的。一直到现在都没有人承认是自己打的电话。那声音很像三毛。后来我跟黄沾提起这件事，黄沾说："那你就烧几颗'必理痛'给她好了。"又有一次，我在梦里，见到窗前一张张信件和稿纸往下落，我感觉是她，心想，她大概不想吓我，而用间接的方式将信息传达给我。胆小的我不敢接收，嘴里重复地念着经文，把这个梦给结束了。后来我很后悔，为什么不先看看信和稿纸里写些什么？

一九九一年六月，我在法国巴黎和朋友沈云相约到埃及旅游，当时邓丽君也在巴黎，我们约她一块儿去，她说那儿阴气重，劝我们别去。记得到开罗的第一个晚上，我打电话给她，请她再考虑是否过来，她还是劝我们折返。就在那个晚上，我和沈云各睡一张单人床，床的右侧有一张藤椅。我在梦中很清楚地看见藤椅上坐着三毛，她中分的直长发，一身飘逸的大红连身长裙，端庄地坐在那儿望着我，仿佛有点儿生我的气。我一看见她，先是很高兴她没死，后来一想，不对！马上又念经文，我就醒过来了。三毛是不是在信守她的承诺？她传达信息给我，而我却一再不敢面对。

我一直把这个疑团放在心里。又过了几年，在一个聚会里我遇见严浩，问他三毛是不是要告诉我什么。信奉道教的严浩，瞪着一双又圆又大的眼睛，轻松而果断地说："这完全没有关系！"从此我就再也没有梦见三毛了。

发表于《明报月刊》2008 年第 6 期

我是路人甲

林青霞

数年前在施南生家聊天，听尔冬升导演说想拍一部以群众演员为题材的电影。因为他要重拍《三少爷的剑》，到大陆横店看了几趟场地，见到许多群众演员在片场，和他们聊起来，有感于他们对于演戏和梦想的执着，他便触发了拍这部戏的灵感。照理说这些演员和这种题材很难有市场，他却肯大胆尝试，花心思为他们提供演出机会。我当时虽然没有说话，心中对他却是敬佩的。

尔冬升二十六岁那年，刚刚离开邵氏电影公司，到台湾跟我合演两部戏，一部古装武侠片《午夜兰花》、一部诙谐喜剧片《七只狐狸》，那时候大家轧戏轧得头昏眼花，古装戏拍到天亮，脱下头套就坐上我的小白车赶下一场时装片。三十多年了，我还清楚地记得那个画面，在《七只狐狸》的外景场地，他跟我说，他想做导演，自己写剧本，到时候请我主演。我当时怀疑，他那么早出道，十九岁拍第一部戏《三少爷的剑》时就成名了，没念过什么书，怎么会写剧本和做导演呢？事实证明，多年后他编导的第一部戏《癫佬正传》口碑大好，《新不了情》又卖得满堂红。这会儿说着说着《我是路人甲》也拍成了。他身体力行地证实了"有梦想就要去追求，有追求才有成功的机会"这句箴言。

回想过去的演戏生涯，自己还真没有注意到那些群众演员呢（那时候叫临时演员）。围在我们身边的多数是化妆师、服装阿姨，要不就是导演说戏、演员对戏、灯光师打灯、摄影师运镜，真的很少有时间跟群众演员谈话，更体会不到他们的艰难。直到看了尔冬升执导的《我是路人甲》，我对群众演员的辛酸才有深刻的理解。戏里的横漂（从各地涌到横店追求电影梦的人），一个个真实的故事，导演用平实的手法把它们串成了动人的电影。记得在大陆拍《火云邪神》的时候，片场有人跑来说，一个十几岁的临时演员被火烧了半张脸，已经送去医院了。那个小女生，因为站在我旁边，所以镜头常常带到她，大热天的，穿着古装戏服，站在太阳底下好几个钟头，酬劳却少得可怜。想到她那张清纯的脸，万一毁了容，一生都会受影响，我便感到非常不安，还好电影公司都做了妥善处理。

电影反映人生，《我是路人甲》里，三个十八岁的小女生，从外地到横店和导演面谈，她们一脸的天真无邪，面对的却是不怀好意、色眯眯的导演，这让我想起十八岁那年，一个人傻乎乎的，和大电影公司的大制片人会面，他要和我签八年长约，还说等我成熟了可以演性感戏，吓得我慌忙离开。结果我一生都是自由演员，电影同时拍好几部，都是一个人应付，选剧本、见导演、签约都是自己来，就这样误打误撞，边走边唱，最后全身而退。虽说电影圈是个大染缸，是个复杂的圈子，但再复杂的圈子还是有好人，再好的圈子也未必没有坏人，最重要的是能够洁身自爱，清者自清。只要多多充实自己，坚定信念，勇往直前去实现自己的梦想，机会来时才把握得住。

《我是路人甲》里的群众和特约演员的演出都非常自然，就像你我身边的路人，戏中戏穿插其中也能恰到好处。看到片尾他们的自白，短短几个字，真实地表达出他对演艺之路能否成功的看法，有的有信心，有的已知足，有的对未来没有把握，有的只在乎享受过程，有的坚持努力工作。希望他们都能实现自己的梦想。

《我是路人甲》借着路人在横店的日子，记录了现今中国大陆电影界的现象。电影是个梦工厂，尔冬升不但在歌颂青春的梦想，也为追梦者制造成功的机会。有趣的是，群众演员都变成了主角，而明星和导演却成了临时演员和配角。

当初我也是路人甲，在路上被路人乙、路人丙找去拍戏，本来以为是做临时演员的，没想到却做了主角。谁能料到呢？机会随处在。

努力！努力！路人甲！

发表于《明报月刊》2015年第6期

真好

林青霞

或许众人的偶像不见了，但真实的我来了。

在六十岁来临之前，我曾经想过从此把自己收藏起来，不让观众见到我行将老去的样子。过了六十，却有一种重生的感觉，仿佛是一个阶段的结束，另一个阶段的开始。那是一个美好的境界，能够放下执着，迎接每一个新的一天和每一件新事物的到来。

在内蒙古大草原的《偶像来了》篝火晚会上，许多穿着蒙古装的当地人和我们十二个队员，围成一个大圆圈，中心燃起篝火，耳边传来属于草原的女高音，眼前熊熊的烈火越燃越旺，越燃越高，坐在我右边的何炅说："姊姊，你看，像不像凤凰的尾巴？"

我望着红红的烈火出神，仿佛看到了燃烧的火凤凰，火凤凰迸出无数的小火花，火花落在我的身上，人们围着火堆起舞、唱歌，我突然大叫："我好高兴啊！我好高兴啊！"把身旁的何炅吓一大跳。在这样的环境中，在这片大草原上，人会很自然地把内心的感觉大声地喊出来。

没有人会相信，面对镜头、面对媒体四十多年，每次出现在镜头前面我都会害怕。这次参加《偶像来了》，一天十几个小时，几十个摄影机对着，我竟然不怕了。这对我来说是很大的突破和转变。我开始不在意自己漂不漂亮，不在意人家怎么说我了，自己也很讶异有这样的转变，想来是我接受了真正的自己，所以也不介意在人前展示自我。

记得一九七九年的最后一天，我只身飞到美国洛杉矶，一心要消失在娱乐圈，希望所有人都忘了我。一年后谭家明导演到美国找我拍《爱杀》。我很清楚地记得他赠我的一句话："你只要不在乎别人的看法，就成功了。"当时虽然明白这话的道理，但等到三十五年后我才真正做到了。

《偶像来了》有些游戏也实在很孩子气，我们这些大人倒玩得认真，也很专注，我始终认为专注认真的神态本身就会产生一种美感。因为大家的投入，彼此感情增进得很快，十个女生没有争奇斗艳，没有明争暗斗，有的是互相扶持和彼此开导，这在娱乐圈是难得一见的。

在不知道将会发生什么事情的情况下反应最自然，这是真人秀最想要的效果，我们的心情会随着即将面对的事情起伏不定。

较真儿，不是游戏

八月一日到北京录制节目。这次我们十个女生要穿着由中国知名服装设计师王玉涛和高阳设计的服装走秀。时间非常紧迫，所有女生在前一天半夜才接到服装，试穿后有不合适的地方马上要改，因为第二天晚上八点就得穿着它上台。我的晚装太大，王玉涛面不改色连夜赶工重做一件。八月三日下午，十位女生上台彩排，大家有模有样，个个架势十足。彩排结束，每个人静静地坐在化妆桌前化妆梳头，我的妆很淡，一头短发也容易打理，三下两下就搞定了。趁晚装还没到，我乐得轻松，到每个女孩镜前跟她们聊两句，看到长桌上一排排纯黄金首饰，又一样样试戴把玩。后台化妆间的小世界里有许多人，十个女生两位主持人，每个人都有自己的化妆师和美发师，还有许多摄影师，大家都在埋首做事，只有我一个人在那儿闲逛。直到晚上七点半，一个女孩双手捧着火红的晚装跟着设计师王玉涛冲进化妆间，我即刻换上她捧着的晚装。当我穿好打开试衣间的门，玉涛就站在门口，见他眼眶红了，我笑着说："很好，很合身，辛苦你了。从昨晚到现在，做了十个钟头吧？""二十个钟头。"他说。我给他一个拥抱："我知道你在门外一定很紧张，所以我换好就赶紧出来了。"后来我才知道，这是一场真正的服装秀，如果衣服赶不出来可就不妙了。

我们分为红、蓝两队，蓝队的五位女生穿高阳设计的礼服，晚上八点一到她们先上场。汪涵叫我们到电视机前观赏她们的演出。谢娜收起一贯的搞笑作风，冷冷地走台步，她学什么像什么。欧阳娜娜在台上兴奋地忍不住笑，洋溢着青春气息。蔡少芬简直就是十足的模特儿。我见台下反应热烈，问汪涵这些观众是哪儿来的。他脑筋最清醒，做任何事都会先收集资料，搞清楚状况。他冷静地说有时尚界的、有商家、有杂志社的，我才惊觉这不是一场游戏，是玩儿真的，是不可以 NG 的。

晚上八点半，我们红队的五位女生穿着王玉涛设计的服装在后台准备出场。这是我人生中第一次走服装秀，内心忐忑，生怕两腿发抖走不好，站在虎度门的时候还心乱如麻。轮到出场时，我深吸一口气踏上舞台，说来也奇怪，一踏出虎度门，就好像突然间有股力量在支撑着，我配合着音乐走台步，还不忘学着模特儿轻轻摇摆臀部和摆出不笑的脸孔。年轻的男模接我回后台，何炅兴奋地上前对我说："姊姊，你气场好足，走得很棒，我还担心你被裙子绊倒呢，真的好感动。"回到化妆间，见到大家都因为自己能够完成这项任务而激动，仿佛是第一次上前线就打了一场胜仗。

八月三日这天过得很长，早上玩了几个儿童游戏，晚上就得扮大人闪亮登场。这一天大家都因紧张和兴奋而忘了吃晚饭、忘了肚子饿，我更是不停地咀嚼着一天下来情绪的大幅起跌。

《偶像来了》不时会有意外的惊喜，引导出每个人的真性情，大家都在愉悦的情绪下完成任务。真好。

"大跃进"

林青霞

　　总以为自己有文字障碍症，一看字多就头昏。好友施南生曾经取笑我："她呀！以前房间里，没有书，没有杂志，没有报纸，几乎找不到一个中文字，现在竟然出书了。"

　　是的，我以前没有阅读的习惯，一年看不了一本书，偶尔发现一本好看的书，会通宵达旦把它翻完，翻了几天几夜，头发也掉了不少。

　　现在已养成看书的习惯，睡前一定翻一翻书，出门旅行也一定带两本书。

　　从一个不爱看书的人，到现在接到寄来的《明报月刊》，会迫不及待地翻阅，甚至有时来不及坐下，站那儿就可以看个把钟头，这对我来说，好像就是文化的"大跃进"，我自己都不敢相信。

我写的一篇文章《完美的手》，刊登于《明报月刊》二〇〇七年十二月号，写的是与大学问家季羡林在北京相见的情景。自此我与它结下了不解之缘，后来还在那儿写了一年的专栏，每个月也定期收到寄来的样刊。

读《明报月刊》，感觉自己进步很大，就像走入知识的宝库里，要什么有什么。我通常会先读一些文学大家的作品和其他作家关于他们生平事迹的记叙，然后再看其他文章。

市面上一些娱乐杂志有很多广告，《明报月刊》广告很少，几乎找不到，让人不禁经常担心这样一本高水平的杂志扛不扛得住经济的压力。

扛得住，真的扛得住，五十年了，证明给你看。

在此祝贺《明报月刊》创刊五十周年，同时预祝将来还有第二个五十周年，第三个五十周年，数个五十周年！让《明报月刊》把知识和文化的种子散播到世界的每一个角落，愿我们的后代因为读了《明报月刊》也能有所长进。

平凡的不凡

林青霞

　　去年十一月，在台北诚品书店《云去云来》新书发布会的后台，我发现化妆桌上有两个大面包，那面包圆圆的大大的鼓鼓的。"哇！看起来就知道很好吃！"饿了许多天的我眼睛发亮地惊呼。周围几个台湾人异口同声地说："这是吴宝春面包，他在巴黎获得了世界面包赛冠军。"我把它掰开，一股新鲜面包的香气扑鼻而来，里面布满了龙眼干和核桃。见到最爱吃的龙眼干，我剥一小块送往嘴里，之后便不由自主地一口接一口地吃起来。好友 Amy 见我没有停下的意思，马上请人把面包收起来，她怕我之前为了上台辛苦减肥，到最后一秒却前功尽弃。

回港时带了十个大面包分送给朋友，自己每天早起、睡前和下午茶时都吃几块。记得女儿小时候最爱听我讲儿童故事《一片比萨一块钱》："有钱的朱富比，爱好吃蛋糕。他的车上有部侦测器，十里内有好蛋糕，他都闻得到。他请司机买两块好吃的蛋糕，司机拿起蛋糕，整块地塞进嘴里，口水还没流，直接就吞到胃里。朱富比摇摇头，他说：'这么好的蛋糕，这种吃法太不礼貌了。应该先用眼睛欣赏它的外形，然后用鼻子细细闻闻香味，再用叉子温柔地切下一块，感受它的弹性，最后才送入口中，用牙齿、舌头来品味它的生命……'"我就是这样对待吴宝春面包的。烤过的面包更是外脆内弹，龙眼配核桃加上吴宝春的老面粉，口感特别好。眼看面包快要吃完了，竟然惆怅起来，仿佛上了瘾。从来不爱麻烦人的我，居然为了面包去麻烦时报出版社总经理，人家大忙人还帮我寄了三箱面包到港，心想，自己哪天见到吴宝春，一定要开他玩笑："你面包里是不是放了鸦片？"

二月三日到台湾，特别请朋友接机时带两个吴宝春面包，我坐进车里就像捧西瓜似的捧着大面包，从桃园一路吃到台北。朋友见我这么爱吃，拨了个电话给吴宝春，原来他们是认识的，我接过电话跟吴宝春谈了许多有关面包的故事，没想到第二天他竟亲自带了三个大纸箱，里面装满桂圆核桃包、巨型的葡萄蛋糕和凤梨酥来跟我午餐。

吴宝春个子不高、瘦瘦小小的，一身轻便装，带着几分腼腆，四十多岁的人看起来像三十出头。席间他说识字不多，做面包是在服兵役期间朋友教他的，这倒令我讶异。最让我动容的是他说："我十七岁时站在中正纪念堂，遥望着总统府。当时想着里面住着谁啊，里面长什么样子呢？而且又这么多宪兵在看守，好威风哦。好想进去看看噢。但是，那地方不是我们这种人可以进去的，永远不可能。吴宝春你别妄想了。"之后他又说："多年后我从总统府三楼望向中正纪念堂，当下心情五味杂陈，觉得很不可思议，我居然做到了，好像在做梦一样。我看见了十七岁的吴宝春。"我问他为什么到总统府，原来他得了世界面包大师赛的冠军，马英九召见他。

临别上车前，他一路走一路说："所以有今天全是因为对妈妈的爱。"我好奇地问妈妈给了他什么样的爱，他简单地说："不怨天尤人，不放弃我们。"前一晚才听另一位成功的企业家说了一模一样的话，他们都是在穷苦的乡下长大，母亲都不识字，给儿子的爱就凭那十个字，听起来简单，却是用一辈子的时间，无怨无尤地付出。

回家翻看他送我的《柔软成就不凡》，对他有了更深的了解。

他母亲为了养育一家人，在凤梨田里辛苦工作，还要到餐厅兼差。为了减轻母亲的负担，让她也能过上好日子，吴宝春十七岁就到台北做学徒，一天工作十几个小时，夜晚累倒在地下室的面包推车上而无人知晓。因为喜欢看爱国电影（包括我的《八百壮士》《旗正飘飘》）崇拜英雄，执意要当兵，却因体重太轻不够格，灌下两瓶矿泉水才勉强过关。

吴宝春一路走来，一步一个脚印，从中国台湾到亚洲再到欧洲，在一次次的比赛中，将"只要肯努力，没有事情做不到"的人生信条践到到底。

我跟他说："我最爱吃桂圆干，可从来没吃过这么好吃的桂圆干，润润的，一点都不干。"

"我挑选的是来自台南县东山乡的古法烟熏龙眼干，由老农睡在土窑边严控窑火，六天五夜不熄火以手工不断翻焙熏制而成，每九斤龙眼才能制成一斤龙眼干，所以很甜，这是以木材熏烤的具有独特香气的正宗台湾龙眼干。"

"你的面包太好吃了！"

"当你把爱、怀念揉进面团，发酵完再烤后，别人是能够品尝出爱的味道的。这是我怀念妈妈，用妈妈的爱做成的面包。"

生命的彩霞

林青霞

　　从泰姬陵回到德里要五个钟头的车程，车上的人都睡了。我望向车窗外，"好美呀，月亮！"弯弯的月牙，就像画上了四分之一圆圈的金边，圆圈里是透明的，像孩子们吹起的泡泡。月亮下方千层糕似的彩霞，描着银白、灰黄、金黄、紫红、鲜红、橘黄各种颜色，一层层落到印度人家的院落。

　　从德里到世界七大奇景之一泰姬陵的路途中，我看到的是滚滚的黄沙和破烂的民居，路边的瘦牛在垃圾堆里寻找食物，真奇怪，这里的牛怎么会在街道边的住宅出现？车子在红绿灯前停下，车窗外一个又黑又瘦的妇人抱着又黑又瘦的小孩，两个人各用五根手指碰触着嘴唇，示意他们需要吃的。路边草席覆盖着一个人，我想应该是个没有生命的人，周围没有谁去理会他，这是个什么样的世界？这里的人又有着怎样的命运？这里有美丽的彩霞，生命不该是这样的，为什么他们的生命就这样暗淡，这样悲哀，这样没有光彩？

到了泰姬陵，导游叫我站在一个点上，前面是泰姬陵，后面是一座拱门，他要我看的是前后比例的对称、平衡和几何图形的设计，我看到的却是天堂、地狱极端的对比，前面拱门后的花园深处是雪白光鲜完美的大理石建筑物，后面拱门外抛下的是尘土般破烂的民居。

这座泰姬陵是莫卧儿王朝第五代皇帝为纪念已故爱妻穆塔兹·玛哈而建立的陵墓，两万名世界各地的工匠、书法家分工合作，花了二十二年时间才打造成这座伟大的艺术建筑。我们走进拱门，拱门顶上有二十二个圆形小石柱，每一个石柱代表一年。进了花园，中间是长长的大理石水池，水池两旁是翠绿的青草地和树木，池里映着陵墓的倒影，仿佛置身于真实与虚幻之间。导游对着我按了一下快门，他说我的太阳镜可以映出这完美的建筑。

主体建筑外观以高级的纯白色大理石打造，内外的花卉图案采用自然宝石镶嵌，有水晶、翡翠、孔雀石和珊瑚。导游用手电筒一照，顿时一片透明亮堂。

陵墓旁边的回廊是雪白大理石花朵浮雕，光鲜亮丽，每一朵都凝聚着雕刻艺术家的心血。人在万花丛中，天气虽然炎热，竟也感到徐徐凉风袭来，偶尔还有几声回响，令人迷惘低回。

陵寝正中央是穆塔兹·玛哈和沙贾汗的纪念碑，仿佛一对珠宝装饰的盒子放置在雕刻精美的屏风中。

"一滴爱的泪珠"

走出这有三百五十五年历史的建筑物，心中赞叹着伟大爱情的力量。他送给她的不是多少克拉的珠宝钻石，他送给她的是不朽的世界遗产。印度诗人泰戈尔说泰姬陵是"一滴爱的泪珠"，"生命和青春、财富和荣耀都会随光阴流逝……只有一滴爱的泪珠，泰姬玛哈陵，在岁月长河的流淌里，光彩夺目，永远，永远"。

泰姬陵早、中、晚呈现的面貌各不相同，早上是灿烂的金色，白天阳光下是耀眼的白色，外墙嵌着的宝石被太阳映射得五彩缤纷，像钻石一样闪闪发亮，夕阳斜照下，白色的泰姬陵从灰黄、金黄逐渐变成粉红、暗红、淡青色。

有一天，它那辉煌灿烂的光芒和七彩的颜色会不会映照着印度苦难的百姓，给他们的生命带来像彩霞一般的光彩？

二〇〇九年二月十日

我哭了大半个中国

林青霞

那年在敦煌，有个夜晚，明亮的月光把我的影子映在柔和的沙丘上，那个影子非常大，像个古代女子。沙丘前传来许多嘈杂的声音，那是工作人员在吆喝着打灯光，摄影师在调整摄影机的位置，导演在现场指挥。

记住这一刻

那夜，我在敦煌拍摄《新龙门客栈》，在这之前武术指导说，第二天要拍我的一个特写，有许多竹箭向我脸上射来，我用手挡掉这些箭。我担心箭会射到眼睛，他安慰我说，如有这样的情况，人本能的反应是会把眼睛闭上。拍这个镜头的时候，为了不 NG，我睁大眼睛快速地挥舞着手中的剑，说时迟那时快，有根竹子正好打中我的眼睛，我确实是自动闭上了眼，但还是痛得蹲在地上。

那是荒郊野外的沙漠地带，不可能找得到医生，医院也关了门，副导演问我，还能拍吗？我忍着痛照了照镜子，忽然发现黑眼珠中间有条白线，武术指导说是羽毛，我点了很多眼药水，怎么冲，那条白线都还在。我见工作人员等急了，赶忙回到现场就位。当时虽然受伤的右眼还在痛，可我被眼前的景致吸引着也不觉得那么痛了，心想如果不是拍戏，我不会欣赏到这样的夜景；如果不是拍戏，我不会有这样复杂得说不清的感受。我告诉自己，要记住这一刻，这样的情境在我的生命中将不会再现。结果，到了十七年后的今天，这个画面、这个情境，还是鲜明地印在我的脑海里。

当天晚上，我一个人在敦煌酒店里，因为自怜和疼痛，哭了一夜，直到累得昏过去才睡着。

第二天，制片人带我去医院挂急诊。一位中年女医生到处找插头准备接上仪器，等接上电源，她照了照我受伤的眼睛，神色凝重地说："如果你不马上医治，眼睛会瞎掉。"我看了看桌上的容器，里面装着一大堆待煮的针筒和针，怀疑地问："你们不是每次都换新的针啊？"她很不高兴地回答："我们这都是消毒过的！"

当天我就收拾行李回香港，徐克和南生那天专程赶来拍我的戏，我要求他们等我看完医生回去再拍，徐克说时间紧迫，不能等。

在机场碰到他们时，我一只眼睛包着白纱布，见到南生，两人抱在一块儿，也不知道说了些什么，只记得两个人三行泪。

我一个人孤孤单单地从敦煌到兰州，再从兰州转飞机回香港，在飞机上我把脸埋在草帽里，一路耸着肩膀哭回香港。传说孟姜女为寻夫哭倒长城，我是因为《新龙门客栈》哭了大半个中国。

养和医院的医生说黑眼珠那条白线，是眼膜裂开了，没有大碍，住两天院就没事了，可是大队人马已经回到香港赶拍结局。

我非常懊恼，千里迢迢跑到敦煌大漠，在那美好的景色里，竟然没有留下什么。因为懊恼，一直到现在我都不愿看《新龙门客栈》。

夜阑人静爱望月

从小就喜欢宁静的夜晚，今年复活节我们一家人到泰国普吉岛度假，一个星期都住在船上，每到夜阑人静大伙儿都睡了，我总是一个人躺在甲板上看月亮。有一晚那月光亮得有点刺眼，它的光芒照得周围云彩向四面散开，形成一个巨大的银盘子，又像镶了边的大饼，这样奇特的景色，我看了许久。

这一刻，我想起了十七年前在敦煌的那一夜。

二〇〇九年四月十三日

黑社会就在我身边

林青霞

　　七年的时间，拍了五十五部戏。过着日夜颠倒长期睡眠不足的日子，加上得失心重，在承受不了巨大的压力下，我崩溃了。

　　一九七九年冬天，我离开了复杂的电影圈，到美国进修，与其说是进修，不如说是疗伤。

　　一身黑皮长裤套装，瘦长的身躯，出现在台北松山机场（当时还没有桃园中正机场）。前途茫茫，心想哪怕是到餐馆打工，都比生活在自己无法承受的压力下好。

　　在美国开着我的第一辆大红跑车"火鸟"，游走在加州的每一个角落，享受着加州的阳光，享受着自己支配时间和自由思考的乐趣。

在美国一年半，我拍了一部港片《爱杀》。一九八一年夏回到台湾，文艺片已不再受欢迎，代之而起的是"新艺城式"的喜剧片，只要是新艺城出品的片子，必定是票房的保证。英俊小生也没以前那么受欢迎，取而代之的是一些喜剧演员、硬底子演员、丑角，就算是文艺片的女生也要大展拳脚扮凶狠。我这个素来演爱情文艺大悲剧的演员，竟然也要戴起眼罩扮独眼人，穿特高筒靴拿着长枪，一脸冷漠，学人家打打杀杀的。

文艺片转向打杀片

回到台湾的三年间，我拍了十四部戏，一部琼瑶的文艺爱情片、一部军教片、三部警匪片、六部喜剧枪战片、一部情报片、两部古装刀剑片，接触的工作人员很复杂，这些人也跟我在电影里一样，上演着人生真实的刀枪拳脚黑社会片。

在拍《慧眼识英雄》的第一天，现场出现一位笑容腼腆、个子矮小的男士，我和他攀谈了几句，觉得这个人很有趣，后来听说他是黑社会老大，是 X 老板，想找我拍戏，后来我帮他拍了几部戏，他算是个讲道义的黑帮人士，并没有让我吃亏。

台湾的交通很乱，有一次他坐我的车，旁边的车不守交通规则，我破口大骂，他反倒被我吓了一跳。又有一次大伙儿吃完晚饭，他建议我到狄斯角夜总会听歌，我虽然想去看看，但又担心那种场合会很乱，他腼腆地笑着说："最乱的就在你身边，你还有什么好怕的？"说得也是。

回台拍的几部戏，票房成绩都不错，于是我又成了抢手的演员，这对我来说却并不是件好事。许多黑社会老大都找上了门，我实在不想接他们的戏，却怎么推也推不掉。他们出手豪爽，而且所有条件都肯接受，如果不接的话，就等于是敬酒不吃吃罚酒。

有一晚，一个黑道人士，背着一个旅行袋，里面装满了现款，二百五十万台币铺满了我客厅的咖啡桌，等他走后，我拿到卧室，放进小保险箱里，却怎么都不能全部塞下去，只好拿出一部分放在抽屉里，等到隔天存入银行。朋友知道后为我捏了一把冷汗，说我太大胆了。我想也是，那时全家人都在美国，只有我一个人在台北，万一出了什么事，那可怎么得了……

步步惊魂拍电影

——警察局对面，拍戏空档，我回我的小白车后座休息，秘书叶琳几次提醒我不要开后备厢，我觉得奇怪，没事我干吗开后备厢？原来制片人在后面放了很多手枪。

——夜里，有一位制片人开车载我和秘书叶琳到台中拍戏，要等到天亮才开始拍，拍完我的部分再接我到其他现场。因为太累了，我倒在车后就呼呼大睡，忽然"嘭"的一声，大家吓了一跳，叶琳和制片人转头看我：原来我滚到座椅下了。我瞧见叶琳的脸色非常难看，说了声"我没事"又继续睡觉，到了天亮，下了车，叶琳在我耳边轻声告诉我为什么她脸色难看，因为她在前座的座椅下摸到一把枪。

——天刚亮，我和尔冬升拍完夜戏，很累，经过田埂，看到一部奔驰车陷在稻田里，许多人在想办法把它弄上来，我瞄了一眼也懒得理。片场小弟说那车是来接我们的，尔冬升马上钻进我的车，说他宁愿坐我的小破车也不愿意坐他们的奔驰车。在车上，尔冬升说，站在奔驰车旁那个男的，脸上表情冷冷的，眼神很凶。听说他叫×××，我按谐音给他取了个外号叫"螺丝起子"。

——拍戏现场，化妆时间，有一位黑帮小弟，试探性地问我："跑路的话，你会不会借钱给我？"我假装不知道什么叫跑路，旁边的人帮忙解释，我灵机一动："呸！呸！呸！不要讲这种不吉利的话。"后来尔冬升跟我咬耳朵："我刚才很替你紧张，不知道你会怎么说。还好你答得机智！"

——我们在椰如餐厅拍时装打斗片，一进餐厅就感觉气氛怪怪的，有一位粗壮高大、头发卷鬈、脸上有刀疤的男子，站在化妆桌旁，化妆师拉我到一边，告诉我他是我的贴身保镖，外号叫"小玫瑰"。真逗笑，这样的外形居然叫"小玫瑰"，我偏叫他"刀疤小玫瑰"。我们在餐厅门口拍摄，刀疤小玫瑰就坐在对面小巴上，拍到放枪的戏，枪声很响，说时迟那时快，突然对面巴士跳出一个人用枪指着我们这个方向，反倒把我们吓了一大跳，原来小玫瑰以为道边有枪战，弄得我们啼笑皆非，却又忍着不敢笑。

——在阳明山拍夜戏，山上来了两个制片人，是来轧我的档期的，听说他们都带备武士刀，还以为会有血淋淋的事发生，幸好最后皆大欢喜。原来他们三部戏每天都分到八个小时，一天才二十四小时，那就意味着我几天都别想睡觉。

那时候我一心想离开台湾这个是非圈，到香港发展。正好一九八四年导演林岭东请我到香港拍《君子好逑》，我一口答应了。从此以后香港片约一部接一部，我就在香港待下了，现在已是名副其实的香港人。

回想起当年黑社会在我身边的日子，能够全身而退，真是上天保佑。

东邪西毒

林青霞

十四年之后重看《东邪西毒》，不止我看懂了，其他人也看懂了。不知道是不是王家卫的思想领先了我们整整十四年？

十四年前在威尼斯参加影展，我第一次看《东邪西毒》没看懂。心想："为什么每个人说话都没有眼神接触？好像个个都对着空气讲话。到底谁爱谁？到底谁跟谁好？这么多人物，谁是谁都搞不清楚，怎么会好看？"看完电影我失望地吐出三个字："不好看！"

"青霞快疯了。"

十四年后，经过重新配乐（马友友演奏）和调色，音乐美，颜色浓。每个画面就像是一张完美鲜艳的油画，加上人生阅历多了，对人、对事、对感情的看法也不像从前那么幼稚了，我终于看出了苗头。整部戏讲的就是一个"爱"字，每一个人都有对爱的渴求，每一个人都很孤独。无论你被爱或不被爱都逃不掉那种孤独感。导演用现代的手法和古典的气韵来表达这种孤独感。

看他的电影是一种享受，拍他的电影却是一种磨炼。

那年在榆林，每天将近黄昏时分，所有演员都得把妆化好，在山洞口等到天黑下来。吃完便当，天一黑就得进山洞。就那么一点大的空间，又打灯，又放烟，再加上工作人员抽烟，空气坏得几乎使人窒息。拍到天快亮了，导演还一次次要求重新来过。我一头乱发，眼神涣散，面无表情，导演还笑着说："青霞快疯了。"其实他就是想要我那疯了的感觉。

张国荣被蝎子蜇了

记得很清楚，张国荣第一天到榆林，闷闷不乐的。原来之前他在香港拍的戏都报废了。我也是演员，所以很能体会他的感受，很替他难过。有一天晚上，在拍戏空当，我坐在洞口躺椅上休息，他走过来告诉我他后脑勺被蝎子蜇了。大家傻了眼，蝎子是有毒的，这可怎么了得？收了工回酒店，见他坐在大厅椅子上低着头。

旁边两个黑黑瘦瘦的当地人，拿着一瓶用蝎子泡的水让他擦，说是比看医生管用。国荣已被吓得六神无主，只有一试。那晚，他一直没敢合眼。第二天就没事了，也不知道是不是以毒攻毒的原因。

《东邪西毒》定妆那天，我的电影《笑傲江湖之东方不败》结束上映没多久，票房是意想不到地好，我更是红得厉害。带着《东方不败》的余威，信心无比地到泽东电影公司。然而妆定下来后，我的信心却完全被瓦解了。导演要求我摆出各种不同的姿势拍照，无论我怎么摆，他都说我不像东方不败。我心想，我不是演男人吗？男人不就得这个样子吗？

逼王家卫拿出剧本

第一天到片场，混在所有大牌演员（梁朝伟、张国荣、张学友、梁家辉、张曼玉、刘嘉玲和杨采妮）之间，简直不知道自己该怎么演才好。记得那天是十一月三日，正好是我的生日，公司准备了一个大蛋糕，让所有演员围着蛋糕唱生日歌，可是我一点都快乐不起来。后来听刘嘉玲说，那天我还哭了呢。真丢脸，这点小事……

结果《东邪西毒》里的我，还真的不像东方不败。反而表现出一种带点神秘感的男人味。

开镜之前，我想先做做功课，所以不停地跟导演要剧本，没想到导演说："我就是不要你们做功课。"

后来导演实在被我逼得急了，送了个剧本给我，但他说，等戏拍出来肯定跟剧本不同。

我一直不理解，导演为什么不给演员剧本？为什么要瓦解演员的信心？为什么演员千辛万苦演的戏会被剪掉？

经过这许多年，自己开始写文章了才体会到，原来摄影机对导演来说，就好比他手上的一支笔，他要下了笔之后才知道戏该怎么走下去才是最好的，他要演员拿掉自我，走进角色，他像雕塑一样，把那些多余的、不好的去掉，剩下来的才是真正的精华。

二十多年拍了一百部戏，巧的是第一部《窗外》和第一百部《东邪西毒》的版权都在王家卫手上，即使拍了一百部电影，我仍然因为没有一部自己满意的作品而感到遗憾。直到今天，看完《东邪西毒》，我跟导演说："我少了遗憾，多了庆幸。"

二〇〇八年九月二十六日

创造美女的人

林青霞

已经是第七天了，他的手还在我的头上、身上，动动这又动动那的，他的身影就在我的眼前晃过来又晃过去。我面无表情地坐在那凌乱的二楼小房间里，从来不抽烟的我，无聊地从桌上拿起他的烟盒，抽出一支烟燃上，学着人家吞云吐雾，俏皮地对他说："你知道吗？我只有在最高兴或最悲伤的时候，才会试着抽烟。"他的手没有停下来，轻声问道："那你现在是开心还是不开心？"我说："开心！"他的国语说得好多了。

认识他那年我二十六岁，独自一人住在洛杉矶，跟他通电话时，还没见过他的人。因为他国语不好，我广东话不灵，于是我们在短短十分钟内，用了国语、英语和广东话三种语言，才把话说清楚。

他的手停了下来，带着满意的笑容。我的发型有一尺高，身上穿挂着七彩飘逸的敦煌美女装，摆出敦煌美女的姿势，"咔嚓"一声，拍立得照片出来了。我松了一口气，经过了七天不停地试身，改了又改，电影《新蜀山剑侠》瑶池仙堡堡主的造型终于定了下来。

后来因为这堡主的造型，电影公司的宣传语句由"纯情玉女"转为"中国第一美女"。从此就因为这"美女"的称号，我被压得喘不过气来。

《新蜀山剑侠》拍摄于一九八二年，是我跟他合作的第二部戏，第一部是《爱杀》，《爱杀》于一九八〇年在洛杉矶拍摄，在这之前的八年里，我所拍过的文艺片，无论是发型、服装和化妆，都是由我自己一手包办，所有的戏几乎都是一个造型。《爱杀》是我拍戏以来第一次有美术指导。

他重新改造我，第一件事是把我一头长发剪到齐肩，看起来很清爽，还能接受。第二件事，把我的嘴唇涂得又大又红，我一照镜子，吓了一跳，这明明是血盆大口嘛！第三件事，要我不戴胸罩上镜头，这点我是完全不能接受的。他坚持，我也坚持，最后他拗不过我，用拍立得照相机，拍了两张戴之前和戴之后的照片给我看，要我自己挑。我穿的是大红丝质洋装，那料子轻轻地搭在身上，戴上胸罩，看起来比较生硬；不戴胸罩那张，看起来很有女性柔美和神秘之感，教我不得不折服于他的审美观。

而《我爱夜来香》（一九八三）是三十年代的戏，开拍第一天，才在片场试装。先定了化妆，再定发型。我的头发要用发胶，把头发固定成波纹式，紧贴着头皮，再将银色钉珠叶子贴在波纹状的头发上，最后穿上黑色蕾丝透明背心长裙，好像还有黑羽毛披在身上。就这样由下午四点直到凌晨四点，花了整整十二个钟头，两个大黑眼圈也冒了出来，化妆师又得再给我补妆，累得半死才开始拍第一个镜头。爱美的我，看到镜子里的自己，虽然累，心里还是欢喜的。

第二天拍戏前又花了六个小时做造型。

第三天，化完妆，换上粉红色长睡衣，外罩粉红羽毛边轻盈飘逸的长袍，头上用粉红缎子紧紧地扎了个大结，扎得我头昏眼花，四个小时后，他满意地点点头。我无力地伏在桌子上，半天不起来，副导演请我入片场，我抬起头来，一脸的泪水。当我站在摄影机前，摄影师说我的眼睛又红又肿。导演只好喊收工。

《梦中人》（一九八六）有一部分是秦朝的戏，我的妆是白白的脸、粗粗的眉、淡淡的唇，不画眼线，不刷睫毛膏。我简直不敢想象，要我眼睛不化妆上镜头，这不等于是没穿衣服吗？于是我准备了一个小化妆包，心想等到他看不见的时候我就偷偷地画上眼线，怎晓得他一路跟着我，使我没机会下手。等到站在镜头前，我拿出小包，求求他让我画一点点眼线，他也求求我叫我不要画。我只好依了他，演戏的时候眼睛拼命躲镜头。

看了试片之后我才明白，为什么他这么坚持，原来美并不只在一双眼睛，而是需要整体的配合。他所做的造型是有历史根据的，所花的时间比较多，所坚持的也是必要的。

自此以后，我对他是言听计从，他说一我不敢说二，更不敢擅自更改他的作品。

继《笑傲江湖之东方不败》（一九九二）之后的两年里，我连续拍了十部武侠刀剑片。也难为他了，在短短两年之内，要造出数十个有型又不重复的造型。

如果说我是个美丽的女子，不如说我的美丽是他的作品。

"他"就是创造美女的人。

蚌壳精和书生

林青霞

车子缓缓地驶上山，这里不像香港的夜晚，很静，周围不见一个人，也没有其他车子往返。

我和小秘书下了车，山上的树叶被风吹得唰唰作响，万分寂寥。我们转进香港大学柏立基学院，学院是中国庭围式回廊建筑，楼梯转向的灯泡忽明忽暗，我身上那件开思米针绒雪白大袍子被吹得飞了起来，心里有点发毛，往回看，小秘书穿着一身绿，两手拎着一袋袋东西，正低着头往上爬，那是家里刚煮好的饭菜，热腾腾的，还冒着气。我心中暗笑，这情景好像白蛇和青蛇给书生许仙送饭似的。

"咚！咚，咚！"门打开了，昏黄的灯光下，书生显然已经心力交瘁，可是见到我露出灿烂的笑容，透着满室的书香，高兴地给了我一个拥抱。

我环顾书房，室中央放着一个大书架，架板上架着厚厚的一叠像麻将纸般大小的纸张，纸上写满了密密麻麻的字，隐约看见是"俘虏营""解放军""长春""满洲国""留越国军"等字眼。左边长桌上放满了书。我走向窗前，窗外一片漆黑，一座座山深得见不着影，却偶然看见被月光照亮的浓叶在风中起舞，我冲口而出："这里好像聊斋噢！"书生忙摇手认真地说："你不要吓我！这里只有我一个人。"

我们把墙边的小圆桌拉开，饭菜摆上，我陪着她吃，碗筷不够，她请小秘书到楼下已打烊的餐厅去借。

她碗筷都拿不稳。我想她大概是饿了，又可能是因为写作体力透支，我赶紧帮她夹菜，她这才定下来吃饭。刚缓过气来，她说："青霞，讲一个故事给你听。"

"话说古时候有一位书生到海边散步，见到沙滩上有个活的蚌壳，快被太阳晒干了，便顺手拾起往海里丢去。过了几天，书生发现每天晚上家里都有丰富的饭菜摆着，觉得奇怪。有一天晚上，门外有轻轻的敲门声，书生打开门见到一名美女，美女说她就是那天书生丢入海里的蚌壳。"

"哈哈哈！……"书房里充斥着两个人清脆的笑声。

古时候的书生十年寒窗苦读，为的是想高中状元。我这位二十一世纪的书生朋友则为了撰写一本具有时代历史意义的书，上山、下海、港台大陆两头奔波，还要跟时间竞赛，采访生在二十世纪初，亲历中日抗争、国共内战而幸存无几的历史见证人。

在写作方面她是翘楚，但在生活方面却是外行，写起文章没日没夜，衣、食、住却全不花心思。她认为作家不可以太享受，所以没请用人。你绝对想象不到一个经常要查书看资料写作的作家，家里灯泡竟然旧得昏黄，有一阵子教授宿舍里出现臭虫，书生大惊失色，我请小秘书派除虫专家去杀虫，书生安心了，又很"学术"地说："这是全球化的结果，美国、德国的臭虫都在以几何倍数增加呢。"还好书生巧遇蚌壳精，灯泡不敢不亮，臭虫也没法久留。

有一天陪书生买上台演讲的衣服，我走在她身后，见她穿着几年前我送给她的那条米白七分裤，很是开心，忽然发现裤腿后面交织绑着的绳带，右裤腿绑得好好的，左裤腿两排空空的小洞眼，绳带不见了，也没好意思提醒她，心想她自己会发现。没想到第二天出来吃饭，她又穿了那条裤子（后来在杂志上见她接受访问时也穿同样的裤子。可能那时候已经是一边有绳带一边没有）。我实在忍不住，轻声提醒她，她这才诧异地说她完全没有注意到。我说："你是我见过的最不爱漂亮的女孩。"她趴在我肩膀上笑个不停。

古时候那位书生十年寒窗苦读也未必中举，眼前这位现代书生春天开工，夏天动笔，新书秋天上市，洛阳纸贵。

《八百壮士》戏里戏外

林青霞

　　一九七六年中国台湾中央电影公司筹拍《八百壮士》，戏里有个情节是中国女童军杨惠敏在日军的炮火下，冲过英租界，拼命游过苏州河，将国旗献给死守四行仓库的八百壮士。

　　许多女明星都想争取杨惠敏这个角色，导演的要求是女主角一定要会游泳，于是我天天练游泳，有一天导演到泳池来看我，当场就决定由我饰演。

　　记得开镜那天，许多当年的女童军穿着童军制服到现场，年龄都在六十岁左右，杨惠敏本人神采奕奕地走到我面前，她很怀疑这么瘦小的我能否演出女童军的风采（当时 5.6 英尺高的我还不到一百磅）。她一边用又粗又大的食指大力戳我那满是肋骨的胸膛，一边说："你要硬起来！知不知道！你要硬起来好好地演。"我被戳得退后两步，心想，她真不愧是女中豪杰。

上了岸才后怕有蛇

一场游过苏州河的戏分别在很多场地拍摄，然后把在河里、水沟里和水底摄影棚里拍摄的戏剪接起来才能完成。当时我才二十出头，年纪小胆子大，导演叫我从桥底往河里跳，我扑通一声就往下跳，反倒是导演捏了一把冷汗。中央电影制片人场有一条阻塞多年的大水沟，臭气冲天，平常也不注意有这么一条沟，那天去片场，场务拿着一根长竹竿很高兴地告诉我："一会儿要拍你从这儿游上岸，我把水沟都清理干净了，你放心。"我没多想就下了水沟（其实想也没用，片场导演最大，他说什么都得照做），还好没怎么 NG，上了岸我说刚才好像看到蛇。化妆师和工作人员抿着嘴笑说他们也看到了，只是不敢讲，怕我知道后不肯下去。我心有余悸地往回看："啊呀！有条大便！"场务装腔作势地说："没有啦！那是香蕉！"

最后是在游泳池水底拍摄，那天寒流来了，气温在零下六至八摄氏度，所有人都穿着厚大衣，讲话嘴里冒白气儿。导演说那天一定要拍，因为第二天就要放水了。我穿着卡其布童军服，脖子绑上了绿领巾，背着书包就跳进那冰冷的游泳池。拍了一会儿，我趴在池边等拍下一个镜头，整个脸给冻僵了，副导演见我可怜，叫我上去，给了我一口酒，要我到火边烤一烤。没想到酒精的作用加上一冷一热的反差，我即刻全身发抖地倒在地上，仿佛要窒息似的，我突然大叫起来，叫得惊天动地。只记得一大堆人一边吆喝一边把我抬到办公室，我还是不停地抖，身上的湿衣服也没法脱，一阵忙乱中，隐约见到一支好大的针筒往我身上扎。等我醒来的时候，妈妈和哥哥都在我身边。

因为《八百壮士》，我获得了亚洲影展最佳女主角奖。

走进现实世界

一九八五年我应导演谢晋的邀请到上海商讨拍摄改编自白先勇小说的《谪仙记》一事，到了上海第一件事就是参观四行仓库。我望着那残旧的仓库和狭窄的苏州河，想象着当年八百壮士英勇奋战的情景和杨惠敏横渡苏州河的动人事迹。

电影里杨惠敏献给团长谢晋元的青天白日满地红国旗，在四行仓库楼顶上升起，八百壮士和我望着冉冉上升的国旗，举手敬礼，热泪盈眶。那是一九三七年发生的事。经过半个世纪，我在上海四行仓库看到楼顶上飘的是五星红旗，仿佛看到青天白日满地红和红底金黄五颗星重叠在一起，我感动得泪流满面。

看了龙应台《大江大海一九四九》才知道八百壮士撤出四行仓库时只有三百五十八人，这些人一出来就被英军下令缴械关进收容所，过着受英军监禁、日军包围的日子。四年后日军入侵租界，孤军成为战俘，分送各地集中营，为日军做苦力。而电影《八百壮士》结束的画面却是英勇的壮士们在《中国一定强》的雄壮歌声中，眼神坚定地踏步迈出。现实世界有时比电影演的还残酷，比戏剧还要戏剧。

发表于《明报月刊》2010 年第 4 期

好美！好美！

林青霞

　　我静静地坐在石头上，对着大山和星空，突然听到一阵很美的声音，我沿着那个方向走去，原来是一位女菩萨跪在那儿……

　　我应该很专心地跪下磕头再站起来，就这样连续做二十分钟，心里要想着该忏悔的事和该感恩的事。开头我并不很专心，眼睛往旁边一瞥，见到一双轻盈的脚从我身边经过，那袈裟飞起，就像浪花，我呆住了，心里赞叹着："好美！好美！"那是圣严法师，当年他老人家七十好几，也跟我们一样跪拜，他的专注和真诚让我动容，后来他说他是对他师父表示感恩。

想让自己肚子能撑船

大约是八年前，我发觉我这个人太计较，总以为别人应该理所当然地对我好，这经常让自己很不开心，也影响了别人的情绪。所以我决定去修行。我想要有包容心，也想让自己肚子能撑船，于是我回台寻找大师，很幸运在因缘际会之下，我遇到了特技专家柯受良的太太宋丽华，她是位虔诚的佛教徒，她送了一本小册子给我，我读了大为感动，那是一本谈论"禅"的册子。因为她的引荐，我有幸见到圣严法师。由于以前没有接触过佛法，不谙规矩，见到师父竟然跟他握起手来，后来还因为有点感冒怕传染给他而不安了很久，再后来发现所有佛教徒都是以合十来打招呼，我暗忖当时自己的举动一定让周遭的人大为紧张。

在见面的一个钟头里，我只问了一个问题，就是什么叫"禅"，因为我始终认为禅是一门很深奥的学问。师父说只需坐三天禅就什么都知道了。我正在考虑的时候，师父连说了三次，于是我当下就决定坐禅三天。听说坐禅之前会因为被考验而受到阻碍，而我却在冥冥中很顺利地上了山。

上山的第一件事，手提电话就给没收了，在没收前我赶快打个电话给女儿，告诉她我将有三天不跟她通话，这才放下心来。

在三天内我要和其他九十九个人昼夜相处，不准化妆，不可看书、看电视，要睡大通铺。晚上十点钟睡觉，早上五点钟起床。这下可惨了，平常我在这个时候可能还没睡，还好我偷偷带了六颗安眠药，一天两颗，总算解决了睡觉的问题。

晚饭之前，每人分获一个号码，暂时不用自己的名字，各人根据自己的号码坐位置，拿拖鞋和睡床位。这是要我们放下自我。在大堂里先对着大佛跪下，头着地再站起来，我心想这下可上当了（因为父母是基督徒，这辈子从来没有这么跪拜过）。原来这个作用也是为了消融自我。

在饭堂里我身旁那个人很面熟，后来才知道她是曾庆瑜。吴宗宪乖乖地坐在我对面，眼睛不像我这样到处乱眮。之前在走廊上见到曾志伟我还扬了扬眉（原来这是犯规的，连对眼都不可，又怎能扬眉），还有一位是功夫明星卫子云，来的时候看他在山边松筋骨。这么多圈内人，可见经常暴露在大众面前，表面上看起来多姿多彩，内心却是渴望得到一片宁静的。

吃饭的时候，师父很温和地一句一句叮咛，要我们心无旁骛专心吃饭，好吃的时候不要高兴，不好吃的时候也不要讨厌。要感恩这食物是经过很多人的辛苦才到我们的嘴里。吃完饭要用一碗清水将碗碟冲一冲再倒回碗里喝下。

饭后离座时，双手叠起，放在胸前，慢慢起身，按顺序走出饭堂，手里就像捧着一尊菩萨，心里什么都不能想，也不可以自己对自己说话。我静静地坐在石头上，对着大山和星空，突然听到一阵很美的声音，我沿着那个方向走去，原来是一位女菩萨跪在那儿，一面敲钟一面念经，不知道为什么我感觉很舒服。

第一天早起，吃完早饭，我们坐在大堂里听师父开示，师父教我们如何打坐和拜忏。一天内有许多开示和打坐，师父循循善诱，我们密密抄经。

有几句箴言，在我生命里遭受最不可承受之痛时，给我以力量。人世无常，不如意事十之八九，我也经常把这些话送给朋友，他们也因为渡过内心的难关而感激我。说句笑话，这几句话唯一不适用的就是二○○四年台湾地区领导人选举的情况，这几句箴言是：

面对它、接受它、处理它、放下它。

当你遇见一些事时，不要逃避，最好的方法就是面对它；然后你必须接受那已成的事实；好好地处理它；处理完后，不要让它占据你的心，必须放下。

师父的心愿是想提升人的质量，建设人间净土。

以下是师父给四众佛子的共勉语：

信佛学法敬僧三宝万世明灯

提升人的质量建设人间净土

知恩报恩为先利人便是利己

尽心尽力第一不争你我多少

慈悲没有敌人智慧不起烦恼

忙人时间最多勤劳健康最好

为了广种福田哪怕任怨任劳

布施的人有福行善的人快乐

时时心有法喜念念不离禅悦

处处观音菩萨声声阿弥陀佛

找到内心最深层的宁静

第二天我们学行经。有慢经、快经和自然经。行慢经时，双手轻轻握拳，每一步路是脚掌一半的距离，要走得很慢很稳，这叫"步步为营"。快经的步伐可大一点，双手自然下垂，但是要走得很快。自然经则要全身放松步行，看似简单，行则不易，走完后感觉好舒畅。

第三天是要我们做到感恩和忏悔，我们就像开头讲的那样拜忏二十分钟，心里要为这一生中所有该忏悔的事忏悔，对这一生中所有该感恩的人感恩。很多师姊、师兄泣不成声。我听到一种平和的声音："要用情操，不要用情绪。"那是师父的声音。

三天很快就过去了，这三天的课程让我受用一生，我对父母、先生、女儿、朋友，甚至整个世界感恩，对该忏悔的事想办法补偿，减少了自我感。少了计较，多了反馈，人也快乐起来。这三天里，我学到的比三年甚至十年还要多，最难得的是我找到了内心最深层的宁静。

师父是个智者，也是个哲学家，我对他是感恩！感恩！再感恩！

走进"窗外"

林青霞

我注定要走上电影这条路。

多年之后再看我的第一部电影《窗外》，仿佛视线模糊了，看到的竟是"窗外"后面的生活片段和"窗外"之后的人生。

那年我十七岁，就读于台北县私立金陵女中，高中三年级，同学们都在准备大专联考。台湾就那几所大学，人人都想挤进大学之门，功课不甚理想的我，常感焦虑和迷惘，不知何去何从。也许是命运的安排，我注定要走上电影这条路。

星探追踪

高中快毕业那年，我和李文韵、袁海伦两位同学走在当时最热闹的西门町街头，经过天桥前西瓜大王冰果室（那时候学生们都约在这儿见面）门前，听见后面两位中年男子正在谈论拍戏的事，我不经意地回头看了一眼，结果那两位男士就跟着我们，吓得我一路从"西瓜大王"跑上天桥。一位男子抓着跑得较慢的李文韵，说他没有恶意，只是想找我拍戏，当时我又瘦又小（还不到一百磅），心想他怎么可能看得上我。他们想请我们喝咖啡，我们不肯，请我们留下电话号码，我们也不答应，直说："我们怎么知道你们是不是坏人？"他没辙，只好留下名片，请我们打电话给他。名片上写着杨烈，因为还在上学，回家后当然没有回电话。

高中毕业之后我没考上大学，白天没做事，晚上就到台北车站对面的补习班上课，有一天晚上我和同学张俐仁到"西瓜大王"隔壁的西装店，拿订做好的蓝白花纹喇叭裤。走到街角转弯处，有位矮胖、大肚子、突眼睛的男人，撞了张俐仁一下，问她要不要拍电影，回头又看了我一眼，说我也可以，因为有了上次的经验，跟他拿了名片就走了。这个人叫杨琦。

有一天，张俐仁到我家，两个人无聊，偷偷跑到附近的杂货店门口打公共电话给杨琦。互相推托了一阵，最后决定由我来打，我战战兢兢的。

找到杨先生，他说："你再找四个同学，你们六个人，有一场戏是你们六个美女穿着功夫装，在游泳池边练功夫，大家打打闹闹就掉到池子里，然后你们爬上来，若隐若现地能看到你们的身材。"

我准备马上挂电话，连说："不演！不演！"他说："那你要演什么角色？"我说："我们高中毕业只能演学生。"他说："有一部学生电影正在招考新人。"于是我留下了电话号码，等他有消息再打给我们。过一阵子接到他的电话，约我和张俐仁到咖啡馆，他帮我们填了履历表，带我们到八十年代电影公司。记得当时我穿的是紫色的棉质上衣喇叭长袖，胸口绣着四个大大的白色英文字母 LOVE，下着白色喇叭长裤，脚踩当时流行的松糕鞋，张俐仁则穿一条白色热裤和六英寸松糕鞋。办公室里有导演宋存寿、郁正春，还有一位谢重谋副导演，他们要我们脱了鞋站起来比高矮。临走时与我们约了个试镜的日期。

我们家是传统的山东人家庭，从来没有接触过电影圈。爸爸、妈妈、哥哥都反对，只有妹妹支持我。母亲为此卧病在床三日不起，于是我打消了这个念头。

张俐仁试镜那天要我陪她去，植物园里有六七位女生一起试，导演要求我也顺便试一下，当时用的是八厘米黑白无声录像机拍摄。没过多久杨琦到家里来，说是导演选中了我做《窗外》的女主角江雁容，我惊讶地说："怎么可能让我做女主角？我以为只是演个有对白的女学生。"

第一张电影合约

父母为了保护我，坚决不让他们的女儿走入复杂的电影圈，而我对拍电影充满了好奇心，怎么也不肯放弃。母亲苦口婆心地劝我，甚至拿当年最红的女星林黛和乐蒂做例子，她说："最红的明星到头来也是以自杀结束自己的生命，你又何苦……"电影公司三番五次派人到家里来都被赶走，最后来了一位山东的国大代表。见了老乡三分亲，加上我再三保证，进了娱乐圈一定洁身自爱，母亲才勉强答应陪我到电影公司见导演。记得那天，母亲拿着剧本把所有接吻戏都打了叉，导演连哄带骗地说："可以借位。"母亲要了《窗外》里演我父母的曹健、钱璐家的地址，出了电影公司的门就直奔他们家按门铃，因为他们不认识我们，于是用人说他们不在家。我和母亲在门口等了很久，从下午等到黄昏，他们夫妇俩被我们的诚意所打动而开了门。母亲经他们再三保证宋存寿导演是电影圈出了名的好好先生，这才放心带我回家。

因为还未成年，母亲代我签了生命中第一张合约，片酬新台币一万元，分四次给。

签完约当天，我就和张俐仁到西门町逛委托行（当时没有名牌衣服，委托行卖的是国外进口的高级服装，非常昂贵）。张俐仁发现有一对穿着时髦的男女，一直在打量我们，她说一看就知道他们是星探，果然没错，那位美丽的女子过来问我有没有兴趣拍电影，我说刚签了约，看样子他们很惋惜。后来才知道那男士就是国联电影公司大制片人郭清江（进了电影圈之后，我拍了一部由他导演的《枪口下的小百合》）。

又过了一段时间，不记得跟哪几个同学又去逛西门町，迎面走来几位穿黑西装的男子，同学们惊呼柯俊雄的名字，第一次见大明星，大家都好兴奋，过了一会儿后面跟来一位高大的西装男士，他刚才是跟柯俊雄一起的，也想邀我拍电影，这次我竖起食指和中指老练地说我已经签了两年的电影合约。（成名之后，柯俊雄邀请我拍他公司的戏，我问他记不记得那年在街头，他身边的人找我拍电影的事，他竟然记得。后来我还是跟他合作了《小姨》和《八百壮士》两部戏。）

在这期间，还有一位中央电影公司的经理张法鹤，经他妹妹通过张俐仁的朋友打电话给我，邀我见面，当然我不可能再答应任何人的邀约。（日后我也为中央电影公司拍了一部到旧金山出外景的《长情万缕》）

就这样，我走进了"窗外"。

二〇〇八年八月八日

艳阳天

林青霞

二〇〇八年三月二十二日夜晚，我站在民权东路亚都饭店的窗前，对着窗外往下望了许久、许久，那晚的雨夜和以往的不同。马路上的斑马线被雨水清洗得黑白分明。看不见蓝色，也看不见绿色。从明天开始，将会是个艳阳天。电视上重复地播放着马英九当选台湾地区最高领导人发表的宣言。

他以八个字"感恩出发，谦卑做起"开始了他的演说。

他说，这次选举不是他个人的胜利，而是全体台湾人民的胜利。

他说，台湾人民要的不多，"并不希望大富大贵，但人民有权利要求，不要过苦日子"。

他表示，胜选虽然高兴，但他了解这是重大责任的承担。

他还说了许多的话。

我重复地看着，重复地听着。

他还是穿着选举时的服装，泛蓝牛仔裤，白色黑条子衬衫，外罩红领深蓝背心，左胸挂着国民党的徽章，右胸那金黄色的"2号马英九"闪闪发亮。他没有像一般领导人那样打着领带，穿着笔挺的西装，做着大人物的手势。他那喜悦真诚的笑容，那平易近人的态度，突然之间，使我感觉他就像是每个人家里的大哥哥。

竟是一张废票

在选举前几天，我和几位朋友，因为紧张和担心再有类似"三一九"枪击事件的发生，而显得焦虑不安。

这些朋友里有徐枫，有罗大佑，他们心系台湾、爱台湾，把台湾当作自己的家园，对台湾的关心，并不亚于台湾本土的人。

一九八四年到香港拍戏，一九九四年嫁到香港，虽然居港二十四载，我内心却从来没有离开过台湾，台湾也从来没有抛弃过我，对我来说台湾就好比我的娘家，而香港就好比我的夫家。

这次回台选举，三个女儿都很担心我的安全，我告诉她们，如果因为我的出现能够影响到三张选票都是值得的。

二十二日投票日，街上特别清静，没有口号，没有宣传车的喇叭声，没有叫嚣声，街道上的人扶老携幼地默默走向投票所，仿佛心里正在为他们所支持的领导人选祈祷着。我双手紧紧捏着身份证和图章，领取投票单后小心翼翼地盖章、吹干、折起，然后投入票箱，心想至少我这神圣的一票保证没错。中午打电话给朋友高兴地说着我那"林青霞"三个字盖得如何清楚，朋友惊叫："不是盖图章！"我张大着嘴巴，半天说不出话来，心想之前我再三地被嘱咐着要带图章，脑子里从来没想过要用其他章；等我回过神来，那懊恼简直是无法用笔墨来形容。想不到我花那么大心思投的竟是一张废票。

下午四点开始唱票，看到银幕上马、谢一边一行，统计员一笔一画地写着"正"字，我紧张得心都快跳了出来，直到票数慢慢拉开距离，马赢谢五十万张，我这才松了一口气，等赢到八十万张，我那大颗大颗滚烫的泪水不停地往下流，到了一百万张我手脚飞舞着尖叫。在这个时候竟然还不敢开香槟，生怕又有翻盘事件，直到赢了二百万张，我和朋友立刻开香槟庆祝，同时互相拥抱互道恭喜，为台湾重新燃起的希望喝一杯。

马英九的票数比谢长廷多出二百二十一万三千四百八十五

张，我那区区的一张废票也就成了选举中的小小插曲和反面教材。

和马英九的三面之缘

在这一天中我的心情起伏很大，到了夜晚，心静下来的时候，我回想着自己和马英九的三面之缘。

第一次是在二十多年前圆山饭店的聚会里，依稀记得酒会里大多数是本省籍的委员。他穿着深色西装走进来，身材高大笔挺，态度彬彬有礼。他目不斜视，脸上完美的线条、对称的比例和那诚恳的神情，就好像一张白纸，尚未经历社会的污染。

第二次是在二〇〇五年法鼓山佛教大学的明光大典。我们排成长长的队伍，准备进大堂，他被安排在我和李连杰后面，跟着大队缓缓前进。当时他是台北市长，已从政多年，在复杂的政治圈里，早已经历了许多艰难的磨炼，脸上的皱褶增添了许多，但是他谦卑平和的态度却始终不变。

第三次是在二〇〇六年香港机场的贵宾厅，那时因为父亲病危，我搭最早的班机回台。马市长从新加坡访问回程经香港回中国台湾。我知道他正承受着巨大的压力，担负着人民的期望，我上前去，叫了一声："马市长，我支持你！"

二〇〇七年在电视上看到他的清廉受到质疑，明眼人都看得出他所遭受的冤屈，我非常愤慨，见他化悲愤为力量，对着电视机前所有的观众，坚定地说出："我决定参选台湾地区领导人！"我大声地叫："好！"我请朋友帮我送花到他办公室。卡片上写着："相信所有的人都知道你是清廉的！我们支持你！"不久就接到一通电话，对方的声音很陌生："我是马英九，谢谢你送来的花。"因为没有心理准备，我"哦"了半天说不出话来，最后挤出一句："我们要把绊脚石变成垫脚石，然后踩上去。"

马英九终于排除万难当选台湾地区领导人，今晚台湾有七百多万人都为同一件事高呼、欢笑、流泪，相信这些人也都会在自己的岗位上，贡献出自己的力量，和马英九共同为台湾的和谐与繁荣打拼。

明天将会是个艳阳天！

二〇〇八年三月二十二日

心愿

张爱玲文　陈子善译

　　时间好比一把锋利的小刀——用得不恰当，会在美丽的面孔上刻下深深的纹路，使旺盛的青春月复一月、年复一年地消磨掉；但是，使用恰当的话，它却能将一块普通的石头琢刻成宏伟的雕像。圣玛利亚女校虽然已有五十年历史，但仍是一块只能会稍加雕琢的普通白石。随着时光的流逝，它也许会被尘埃染污，受风雨侵蚀，或破裂成片片碎石。

　　另一方面，它也可以被时间的小刀仔细地、缓慢地、一寸一寸地刻成一个奇妙的雕像，置于米开朗琪罗的那些辉煌的作品中亦无愧色。这把小刀不仅为校长、教师和明日的学生所持有，我们全体同学也都有权利操纵它。

如果我能活到白发苍苍的年岁，我将在炉边宁静的睡梦中，寻找早年所熟悉的穿过绿色梅树林的小径。当然，那时候，今日年轻的梅树也必已进入愉快的晚年，伸出有力的臂膊遮蔽着纵横的小径。饱经风霜的古老钟楼，仍将兀立在金色的阳光中，发出在我听来是如此熟悉的钟声。在那缓慢而庄严的钟声里，高矮不一、脸蛋儿或苍白或红润、有些身材丰满、有些体形纤小的姑娘们，焕发着青春的活力和朝气，像小溪般涌入教堂。在那里，她们将跪下祈祷，向上帝低声细述她们的生活小事：她们的悲伤，她们的眼泪，她们的争吵，她们的喜好以及她们的宏愿。她们将祈求上帝帮助自己达到目标，成为作家、音乐家、教育家或理想的妻子。我还可以听到那古老的钟楼在祈祷声中发出回响，仿佛在低声回答她们："是的，与全中国其他学校相比，圣玛利亚女校的宿舍未必是最大的，校内的花园也未必是最美丽的，但她无疑有最优秀、最勤奋好学的小姑娘，她们将以其日后辉煌的事业来为母校增光！"

听到这话语时，我的感受将取决于自己在毕业后的岁月里有无任何成就。如果我没有恪尽本分，丢了荣耀母校的权利，我将感到羞耻和悔恨。但如果我在努力为目标奋斗的路上取得成功，我可以欣慰地微笑，因为我也有责任用时间这把小刀，雕刻出美好的学校生活的形象——虽然我的贡献是那样微不足道。

原作为张爱玲高中英文习作

一九三七年

《明报月刊》1990年第7期

被窝

张爱玲

我将未收入《张爱玲文集》的佚文三篇之三（当时未收入）连夜抄写了一万多字，这对我来说是难得的事，因为太疲倦，上床反而睡不着。外面下着雨，已经下了许多天，点点滴滴，歪歪斜斜，像我那抄不完的草稿，写在时事消息油印的反面，黄色油印字迹透过纸背，不论我写的是什么。

快乐的，悲哀的，背后永远有那黄阴阴的一行一行；蓝墨水盖不住它——阴凄凄的新闻。

"××秘书长答记者问：户口米不致停止配给，外间所传不确……"黄黯单调的一行一行……

滴沥滴沥，嗒啦嗒啦，雨还在下，一阵密，一阵疏，一场空白。

霖雨的晚上，黏乎乎的，更能感觉被窝的存在。翻个身，是更冷的被窝。外国式的被窝，把毯子底下托了被单，紧紧塞到褥子底下，是非常坚牢的布置，睡相再不好的人也蹬不开它。可是空荡荡的，面积太大，不容易暖和；热燥起来，又没法子把脚伸出去。中国式的被窝，铺在褥子上面，折成了筒子，焐一会儿就热了，轻便随和，然而不大牢靠，一下子就踢开了。由此可以看出国民性的不同。日本被窝，不能说是"窝"。方方的一块覆在身上，也不叠一叠，再厚些底下也是风飕飕的，被面上印着大幅的鲜丽活泼的图案，根本是一张画，不过下面托了层棉胎。在这样空气流通的棉被底下做的梦，梦里也不会耽于逸乐，或许还能梦见隆冬郊外的军事训练。

中国人怕把娇艳的丝质被面弄脏了，四周用被单包过来，草草地缝几针，被面不能下水，而被单随时可以拆下来洗濯，是非常合乎实际的打算。外国人的被单不钉在毯子上，每天铺起床来比较麻烦，但他们洗被单的意思似乎比我们更为坚决明晰，而他们也的确比我们洗得勤些。被单不论中外，都是白色的居多，然而白布是最不罗曼蒂克的东西，至多只能做到一个干净，也还不过是病院的干净，有一点惨戚。淡粉红的就很安乐，淡蓝看着是最奢侈的白，真正的雪白，像美国广告里用他们的肥皂粉洗出来的衣裳。

从前，中国人只有小孩子与新嫁娘可以用粉红的被单，其余都是白的。被的一头有时另加上一条白布，叫作"被挡头"，可以常常洗，也是偷懒的办法。

日本仿佛也有一种"被挡头"，却是黑丝绒的长条，头上的油垢在上面擦来擦去，虽然耐脏，看着却有点腻心。天鹅绒这样的东西，因为不是日本固有的织物，他们虽然常常用，但用得并不好。像冬天他们在女人和服上加一条深红丝绒的围巾，虽比绒线结的或是毛织品的围巾稍许相称些，但仍旧不大好看。

想着也许可以用这作为材料写篇文章，但是一想到文章，心里就急起来，听见隐隐的两声鸡叫，天快亮了，越急越睡不着。我最怕听鸡叫。"明日白露，光阴往来"，那是夜。在黎明的鸡啼里，却是有去无来，有去无来，凄凄地，急急地，淡了下去，没有影子——影子至少还有点颜色。

鸡叫得渐渐多起来，东一处，西一处，却又好些，不那么虚无了。我想，如果把鸡鸣画出来，画面上应当有赭红的天，画幅很长很长，卷起来，一路打开，全是天，悠悠无尽。而在头底下略有一点影影绰绰的城市或是墟落，鸡声从这里出来，蓝色的一缕一缕，颤抖上升，一顿，一顿，方才停了。可是一定要多留点地方，给那深赭红的天……多多留些地方……这样，我睡着了。

原载一九四四年十一月十九日《新中国报》副刊《学艺》

《明报月刊》1993 年第 5 期

牧羊者素描

张爱玲文　陈子善译

这里我将让大家来做一个搭配练习。哦，亲爱的读者，如果你们误将此当作难得出奇的历史或几何配搭试题而惊慌失措，那就大可不必了。镇定一些，先通读你们试卷的第一栏，那里印着一长串名单：___ 小姐，___ 小姐，___ 小姐和 ___ 小姐。然后再读完试卷第二栏紧跟着的一段描写文字，把所有的空格都填上：

___ 小姐有一副嵌着两只闪烁的眼睛的明朗的脸庞，金色的头发像黄河波浪般垂在身后。她嘴上总带着温柔的微笑，只是有些时候，为了显示老成持重的样子，她才嘴角下垂，眉头紧皱。

她的好嗓子更为人乐道，如用言辞来描绘，那就像中国古诗中所描写的诗人在月光笼罩的河岸边听到的乐声，"大珠小珠落玉盘"。她的嗓音和面部表情的变化使她成为一位优秀的朗诵者，她能在不到五分钟的时间里调整教室的气氛，将其引入她读书的天地。当诵读悲剧时，她那双淡褐色的眼睛好像凝固成两只盛朱古力冰激凌的碟子。但这悲惨的空气很快就会松弛下来，因为众所周知，冰激凌在常温下是无法保持凝固状态的。当小丑进入戏中时，她开始模仿他的腔调，冰激凌融化成开心的笑声，整个班级也随着发出窃笑声。不管外面下雨还是飘雪，她的班上总是阳光灿烂，令人愉快。___ 小姐虽然身高体重并不超常，但任何人站在她面前都会感到自己的渺小，这是因为她性格里的深湛智慧和丰富经验是无法从外貌上去估量的。她有一个挺直的希腊式的鼻子，细薄而有力的嘴唇和一对似乎一眼就能洞察人和事的锐利的黑眼睛。整个看来她的面庞如同古代的阿西娜女神像，尽管刻印着岁月和风雨的痕迹，却闪耀着智慧的光芒。

也许她富有感情，但她从不向人流露。

她代表冷静的"理性"，如果圣玛利亚女校能与雅典城相比的话，那她就是阿西娜——智慧女神，引导它渡过攻击、阻挠和困苦。

＿＿＿ 小姐身材颀长纤弱，她有栗色的头发，一个长而庄重的鼻子，一双淡蓝色的忧郁的眼睛，当她耐心倾听某个同学结结巴巴地背书时，总是射出柔和而同情的目光。她的双手优雅而富有表现力，在她试图解释什么时，双手就像一对白蝴蝶一样在空中上下飞舞。在进行趣味性的讨论或者如她所说"表达某要点"时，它们确实是她最得力的助手。她具有当今名门之女都缺乏的稀有品。

　　她的一举一动，她双手的每个姿势，她每次上课前所道的早安，都显得那么优雅自如。我有时设想，假如她在路易十四时代，以她的出众仪表和典雅品格，她定会成为凡尔赛宫出色的宫廷女侍。

　　如果用一个词描述 ＿＿＿ 小姐，那就是"棕色"。她有漂亮的棕色眼睛、棕色短发、棕色服装以及秀气的鼻子，一张拿破仑式的小嘴和一个表现决断力的下颌。她具有别人无法模仿的走路方式，一只手臂自然晃荡着，另一只则抱着一大堆书，带着一种男子式的尊严迈着大步走过草地。与她的走路方式相反，她的嗓音温软柔和，充满女性魅力。在她心情愉快时，她唱歌，玩尤克里里，谈逸闻，眼里闪着顽皮的神采，玩些小男孩喜爱的聪明的玩意儿。她性格的另一方面则是一个富有尊严的科学家和哲学家，她忙碌地安排试管和输送管，或给热切专注的听众讲解生活的意义。她工作刻苦，同时又是个精神饱满的娱乐者。我们中间的"书虫"和乐天派，似可以她为最好的榜样。

一九三七年

《明报月刊》1990 年第 7 期

牛

张爱玲

禄兴衔着旱烟管，叉着腰站在门口。雨才停，屋顶上的湿茅草亮晶晶的在滴水。地下，高高低低的黄泥潭子，汪着绿水。水心里疏疏几根狗尾草，随着水涡，轻轻摇着浅栗色的穗子。迎面吹来的风，仍然是冰凉地从鼻尖擦过，不过似乎比冬天多了一点青草香。禄兴在板门上磕了磕烟灰，紧了紧束腰的带子，向牛栏走去。在那边，初晴的稀薄的太阳穿过栅栏，在泥地上匀铺着长方形的影和光，两只瘦怯怯的小黄鸡抖着黏湿的翅膀，走来走去啄食吃，牛栏里面，积灰尘的空水槽寂寞地躺着，上面铺了一层纸，晒着干菜。角落里，干草屑还存在。栅栏有一面摩擦得发白，那是从前牛吃饱了草颈项发痒时磨的。禄兴轻轻地把手放在磨坏的栅栏上，抚摸着粗糙的木头，鼻梁上一缕辛酸味慢慢向上爬，堵住了咽喉，泪水泛满了眼睛。

他吃了一惊——听见背后粗重的呼吸声，当他回头去看时，不知道从什么时候起，禄兴娘子已经立在他身后，一样也在直瞪瞪望着空的牛栏，头发被风吹得稀乱，下巴颏微微发抖，泪珠在眼里乱转。他不作声，她也不作声，然而他们自人心里的话大家看得雪亮。

瘦怯怯的小鸡在狗尾草窝里簌簌踏过，四下里静得很。太阳晒到干菜上，随风飘出一种温和的臭味。

"到底打定主意怎样？"她兜起蓝围裙来揩眼。"……不怎样。""不怎样！眼见就要立春了，家家牵了牛上田，我们的牛呢？"

"明天我上三婶娘家去借，去借！"他不耐烦地将烟管托敲着栏杆。"是的，说白话倒容易！三婶娘同我们本是好亲好邻的，去年人家来借几升米，你不肯，现在反过来求人，人家倒肯？"

他的不耐烦显然是增进了，越恨她揭他这个忏悔过的痛疮，可她偏要揭。说起来原该怪他自己得罪了一向好说话的三婶娘，然而她竟捉住了这个屡次作为嘲讽的把柄——"明天找蒋天贵去！"他背过身去，表示不愿意多搭话，然而她仿佛永远不能对他的答复满意似的——"天贵娘子当众说过的，要借牛，先付租钱。"他垂下眼去，弯腰把小鸡捉在手中，翻来覆去验看它突出的肋骨和细瘦的腿；小鸡在他的掌心里吱吱地叫。

"不，不！"她激动地喊着，她已经领会到他无言的暗示了。她这时似乎显得比平时更苍老一点，虽然她只是才满三十岁的人，她那棕色的、柔驯的眼睛，用那种惊惶和恳求的眼色看着他，"这一趟我无论如何不答应了！天哪！先是我那牛……我那牛……活活给人牵去了，又是银簪子……又该轮到这两只小鸡了！你一个男子汉，只会打算我的东西——我问你，小鸡是谁忍冻忍饿省下钱来买的？我问你哪——"她完全失掉了自制力，拿蓝布围裙蒙着脸哭起来。"闹着要借牛也是你，舍不得鸡也是你！"禄兴背过脸去吸烟，拈了一块干菜在手里，嗅了嗅，仍旧放在水槽上。

"就我一人舍不得——"她从禄兴肩膀后面竭力地把脸伸过来，"你——你大气，你把房子送人也舍得！我才犯不着呢！

"何苦来，吃辛吃苦为人家把家握产，只落得这一句话！皇天在上头——先抢走我那牛，又是银簪子，又该轮到鸡了！依你的意思，不如拿把刀来将我身上肉一片片剁下去送人倒干净！省得下次又出新花样！"禄兴不作声，抬起头来望着黄泥墙头上淡淡的斜阳影子，他知道女人的话是不必认真听的，不到太阳落山她就会软化起来。到底借牛是正经事——不耕田，难道活等饿死吗？这个，她虽然是女人，也懂得的。

黄黄的月亮斜挂在茅屋烟囱口上，湿茅草照成一片清冷的白色。烟囱里正隆隆地冒炊烟，熏得月色迷迷蒙蒙，鸡已经关在笼里了，低低地，吱吱咯咯叫着。

茅屋里门半开着，露出一线橘红的油灯光，一个高大的人影站在门口把整个的门全塞满了，那是禄兴，叉着腰在吸旱烟。他在想，明天，同样的晚上，少了鸡群吱吱咯咯的叫声，该是多么寂寞的一晚啊！

后天的早上，鸡没有叫，禄兴娘子就起身把灶上点了火，禄兴跟着也起身，吃了一顿热气蓬蓬的煨南瓜，用红布缚了两只鸡的脚，倒提在手里，高高兴兴地向蒋家走去。

黎明的天上才露出美丽的雨过天晴色，树枝才喷出了绿芽，露珠亮晶晶的，一碰洒人一身。树丛中露出一个个圆圆的土馒头，牵牛花缠绕着坟尖，把它那粉紫色的小喇叭直伸进暴露在黄泥外的破烂棺材里去。一个个牵了牛扛了锄头的人唱着歌经过它们。

蒋家的牛是一只雄伟漂亮的黑水牛，温柔的大眼睛在两只壮健的牛角的阴影下斜睨着陌生的禄兴，在禄兴的眼里，它是一个极尊贵的王子，是值得牺牲十只鸡的，虽然它颈项上的皮被轭圈磨得稀烂。他俨然感到自己是王子的护卫统领，一种新的喜悦和骄傲充塞了他的心，使他一路上高声吹着口哨。

到了目的地的时候，放牛的孩子负着主人的使命再三叮咛他，又立在一边监视他为牛架上犁耙，然后离开了他们。他开始赶牛了。然而，牛似乎有意开玩笑，才走了三步便身子一沉，伏在地上不肯起来，任凭他用尽了种种手段，它只在那粗牛角的阴影下狡猾地斜睨着他。太阳光热热地照在他的棉袄上，使他浑身都出了汗。远处的田埂上，农人顺利地赶着牛，唱着歌，歌声在他的焦躁的心头掠过时都带有一种讥嘲的滋味。

"杂种畜生！欺负你老子，单单欺负你老子！"他焦躁地骂，唰地抽了它一鞭子，"你——你——你杂种的畜生，还敢欺负你老子不敢？"

牛的瞳仁突然放大了，翻着眼望他，鼻孔胀大了，嘘嘘地吐着气，它那么慢慢地，威严地站了起来，使禄兴很迅速地嗅着了空气中的危机。一种剧烈的、恐怖的阴影突然落到他的心头。他一斜身躲过那两只向他冲来的巨角，很快地躺下地去和身一滚，骨碌碌直滚下斜坡的田垄去。一面滚，他一面听见那胀大的牛鼻孔里咻咻的喘息声，觉得那一双狰狞的大眼睛越逼越近，越近越大——和车轮一样大，后来他觉得一阵刀刺似的剧痛，又咸又腥的血流进口腔里去——他失去了知觉，耳边似乎远远地听见牛的咻咻声和众人的喧嚷声。

又是一个黄昏的时候，禄兴娘子披麻戴孝，送着一个两个人抬的黑棺材出门。她再三把脸贴在冰凉的棺材板上，用她披散的乱发揉擦着半干的封漆。她那柔驯的颤抖的棕色大眼睛里面塞满了眼泪；她低低地用打战的声音说着：

"先是……先是我那牛……我那会吃会做的壮牛……活活给牵走了……银簪子……陪嫁的九成银，亮晶晶的银簪子……接着是我的鸡……还有你……还有你也给人抬去了……"她哭得打噎——她觉得她一生中遇到的可恋的东西都长了翅膀在凉润的晚风中渐渐地飞去。

黄黄的月亮斜挂在烟囱，被炊烟熏得迷迷蒙蒙，牵牛花在乱坟堆里张开粉紫的小喇叭，狗尾草簌簌地摇着栗色的穗子。展开在禄兴娘子前面的生命就是一个漫漫的长夜——缺少了吱吱咯咯的鸡声和禄兴的高大的在灯前晃来晃去的影子的晚上，该是多么寂寞的晚上啊！

一九三六年

《明报月刊》1989 年第 1 期

罗兰观感

张爱玲

尚未收入《张爱玲文集》的佚文三篇之一（当时未收入）

罗兰排戏，我只看过一次，可是印象很深。第一幕白流苏应当穿一件寒素的蓝布罩袍，罗兰那天恰巧就穿了这么一件，怯怯的身材，红削的腮颊，眉梢高吊，幽怨的眼，微风振箫样的声音，完全是流苏，使我吃惊，而且想：自己当初写《倾城之恋》，其实还可以写得这样一点的……还可以写得那样一点的……

《倾城之恋》的故事我当然是烂熟的；小姐落难，为兄嫂所欺凌，"李三娘"一类的故事，本来就是烂熟的。然而有这么一刹那，我在旁边看着，竟想掉泪。

罗兰演得实在好——将来大家一定会哄然赞好的，所以我想，我说好还得赶快说，抢在人家前头。

戏里，阖家出动相亲回来，因为她盖过了她妹子，一个个气哼哼，她挨身而入，低着头、像犯了法似的，悄悄地往里一溜。导演说："罗兰，不要板着脸。……也不要不板着脸。你知道我的意思……"罗兰问："得意啊？"果然，还是低着头，掩在人背后奔了进来，可是有一种极难表现的闪烁的昂扬。

走到幕后，她夸张地摇头晃脑地一笑，说："得意！我得意！"众人听着她的话都笑起来了。流苏的失意得意，始终是下贱难堪的，如同苏青所说："可怜的女人呀！"外表上看上去世界各国妇女的地位高低不等，实际上女人总是低的，气愤也无用，人生不是赌气的事。

日本女人有意养成一种低卑的美，像古诗里的"低腰长跪拜，问客平安否"，温厚光致，有绢画的画意，低是低的，低得泰然。西洋的淑女每每苦于上去了下不来。中国女人则是参差不齐，低中有高，高中见低。逃荒的身边带着女儿，随时可以变卖成钱，而北方一般的好人家，嫁女儿，贴上许多妆奁不算，一点点聘金都不肯收，唯恐人家说一声卖女儿，的确金贵得很。像流苏这样，似乎是惨跌了，一声喊，跌将下来，划过一道光，把原来与后来的境地都照亮了，怎么样就算高，怎么样就算低，也弄个明白。

流苏与流苏的家，那样的古中国的碎片，现在到处还是有的。就像现在，常常没有自来水，要到水缸里去舀水，凸出小黄龙的深黄水缸里静静映出自己的脸，使你想起多少年来井边打水的女人，打水兼照镜子的情调。我希望《倾城之恋》的观众不拿它当个远远的传奇，它是你贴身的人与事。

原载于一九四四年十二月八日至九日上海《力报》副刊

《明报月刊》1993 年第 5 期

写《倾城之恋》的老实话

张爱玲

尚未收入《张爱玲文集》的佚文三篇之二（当时未收入）

《倾城之恋》，因为是一年前写的，现在看看，看出许多毛病来，但也许不是一般的批评认为有毛病的地方。

《倾城之恋》似乎很普遍地被喜欢，主要的原因大概是报仇吧？旧式家庭里地位低的、年轻人、寄人篱下的亲族，都觉得流苏的"得意缘"间接给他们出了一口气。年纪大一点的女人也高兴，因为向来中国故事里的美女总是二八佳人、二九年华，而流苏已经近三十了。

同时，一班少女在范柳原那里找到她们的理想丈夫，豪富、聪明、漂亮、外国派。而普通的读者最感兴趣的恐怕是这一点，书中人是先奸后娶呢，还是始乱终弃？先结婚，或是始终很斯文，这个可能性在这里是不可能的，因为太使人失望。

　　我并没有怪读者的意思，也不怪故事的取材。我的情节向来是归它自己发展，只是处理方面是由我支配的。男女主角的个性表现得不够。流苏实在是一个相当厉害的人，有决断，有口才。软弱的部分只是她的教养与阅历。这仿佛需要说明似的。我从她的观点写这故事，而她始终没有彻底懂得柳原的为人，因此我也用不着十分懂得他。现在想起来，他是因为思想上没有传统的背景，所以年轻时候的理想经不起一点摧毁就完结了，终身躲在浪荡油滑的空壳里。在现代中国实在很普通，倒也不一定是华侨。

　　写《倾城之恋》，当时的心理我还记得很清楚。除了我所要表现的那苍凉的人生的情义，此外我要人家要什么有什么；华美的罗曼斯，对白，颜色，诗意，连"意识"都给预备下了：（就像要堵住人的嘴）艰苦的环境中应有的自觉……

　　我讨厌这些顾忌，但《倾城之恋》我想还是不坏的，是一个动听的而又近人情的故事。结局的积极性仿佛很可疑，这我在《自己的文章》里试着加以解释了！

因为我用的是参差的对照的写法，不喜欢采取善与恶、灵与肉的斩钉截铁的冲突那种古典的写法，所以我的作品有时候主题欠分明……

我喜欢参差的对照的写法，因为它是较接近事实的。《倾城之恋》里，从腐旧的家庭里走出来的流苏，中国香港之战的洗礼并不曾将她感化成革命女性；中国香港之战影响范柳原，使他转向平实的生活，终于结婚了，但结婚并不使他变为圣人，完全放弃往日的生活习惯与作风。因此柳原与流苏的结局，虽然多少是健康的，仍旧是庸俗的；就事论事，他们也只能如此。极端病态与极端觉悟的人究竟不多。时代是这么沉重，不会那么容易就大彻大悟。这些年来，人类到底也这么生活了下来，可见疯狂是疯狂，还是有分寸的。

编成戏，因为是我第一次的尝试，极力求其平稳，总希望它顺当地演出，能够接近许多人。

原载一九四四年十二月九日上海《海报》

《明报月刊》1993 年第 5 期

《张看》自序

——张爱玲散文集《张看》自序

张爱玲

　　珍珠港事变两年前，我同炎樱刚进港大，有一天她说她父亲有个老朋友请她看电影，叫我一块儿去。我先说不去，她再三说："没什么，不过是我父亲从前的一个老朋友，生意上也有来往的。打电话来说听见摩希甸的女儿来了，一定要见见。"单独请看电影，似乎无论中外都觉得不合适。也许对方旧式印度人根本不和女性来往，所以没有这些讲究。也许对方还把她当小孩看待。是否因此才要我陪着去，我也没问。

　　我们去的是中环的一家电影院，中国香港这一类型的古旧建筑物有点影片中的早期澳洲式风格，有一种阴暗污秽大而无当的感觉，相比之下街道显得相当狭窄拥挤。大广告牌上画的仿佛是流血的大场面，乌七八糟，反正不是想看的片子。门口已经有人迎了上来，是个高大的五十多岁的人，但是瘦得只剩下个框子。他穿着一套泛黄的白西装，一二十年前流行，那时候已经绝迹了的。就像毛姆小说里流落远东或南太平洋的西方人，肤色与白头发全都是泛黄的脏白色，只有一双缠满了血丝的麻黄大眼睛像印度人。

炎樱替我介绍，说："希望你不介意她陪我来。"不料他忽然露出非常窘的神气，从口袋里掏出两张戏票向她手里一塞，只咕噜了一声"你们进去"，匆匆地就往外走。

"不、不，我们去补张票，你不要走，"炎樱连忙说，"潘那几先生！不要走！"我还不懂是怎么回事。他只摆了摆手，临走又想起了什么，把手里一包纸包又往她手里一塞。她都有点不好意思，微笑低声解释："他带的钱只够买两张票。"打开纸包，是两块浸透加糖鸡蛋的煎面包，用花花绿绿半透明的面包包装纸包着，外面的黄纸袋还沁出油渍来。

我们只好进去。是楼上的票，最便宜的最后几排。老式电影院，楼上既大坡又斜得厉害，真还没看见过这样陡峭的角度。在昏黄的灯光中，跟着领票员爬山越岭上去，狭窄的梯级走道，钉着麻袋式棕草地毯。往下一看，密密麻麻的楼座呈扇形展开，"地陷东南"似的倾塌下去。下缘一线栏杆拦住，悬空吊在更低的远景上，使人头晕。坐了下来都怕跌下去，要抓住座位扶手。开映后，银幕奇小，看不清楚，听都听不大见。在黑暗中她递了块煎面包给我，拿在手里怕衣裳上沾上油，就吃起来，味道不错，但是吃着很不是味。吃完了，又忍耐着看了会儿电影，都说："走吧，不看了。"

她告诉我那是个帕西人（Parsee）——祖籍波斯的印度拜火教徒——从前生意做得很大。她小时候住在中国香港，有个广东人家的养女，先跟了个印度人，第三次与一个名叫麦唐纳的苏格兰人同居，所有自称麦唐纳太太，有许多孩子。跟这帕西人也认识，常跟他闹着要给他做媒，又硬要把大女儿嫁给他。他也是喜欢宓妮，那时候宓妮才十五岁，在学校读书，不肯答应。她母亲骑在她身上打，硬逼着嫁了过去，二十二岁就离婚，她生了个儿子，不给他，也不让见面。他就喜欢这儿子，从此做生意倒霉，越来越蚀本。宓妮在洋行做事，儿子有十几岁了，跟她像姊妹兄弟一样。

有一天宓妮请炎樱吃饭，她又叫我一块去。在一个广东茶楼用餐，第一次吃到菊花茶，搁糖。宓妮看上去二三十岁，穿着洋服，中等身材，体态轻盈，有点深目高鼻，削腮，薄嘴唇，非常像我母亲。一顿饭吃完了，还是觉得像。

炎樱见过我母亲，我后来问她是不是像，她也说"是同一个类型"，大概没有我觉得像。

我母亲也是被迫结婚的，后来也是就离了婚的。我从小一直听见人说她像外国人，头发也不大黑，肤色不白，像拉丁民族。她们家是明朝从广东搬到湖南的，但是一直守旧，连娶妾都不会娶混血儿。我弟弟像她，除了白。中国人那样的也有，似乎华南之外还有华东沿海一直北上，还有西北西南。

港战后我同炎樱都回到上海，我在她家里见到麦唐纳太太，她也早已搬到上海来了，听说她在囤货做生意。她生得人高马大，长方脸薄施脂粉，穿着件小花布连衫裙，腰身粗了也仍旧坚实，倒有一种英国女人的爽利，唯一的东方风味是漆黑的头发光溜溜梳个小扁髻，真看不出是六十多岁的人。有时候有点什么事托炎樱的父亲，嗓音微哑，有说有笑的，眼睛一眯，还带点调情的意味。

炎樱说宓妮再婚，嫁了她儿子的一个朋友汤尼，年纪比她小，三个人在一起非常快乐。我看见他们三个人在一个公众游泳池的小照片，两个青年都比较像中国人。我没问，但是汤尼怎么说也是他们这第三世界的人——在中国的欧美人。

麦唐纳太太母女与那帕西人的故事在我脑子里也潜伏浸润了

好几年，怎么写得那么糟，写了半天还没写到最初给我印象很深的电影院的一小场戏，已经写不下去，只好自动腰斩。同一时期又有一篇《创世纪》写我的祖姨母，只记得比《连环套》更坏。她的孙女与耀球恋爱，大概没有发展下去，预备怎样，当时都还不知道，一点影子都没有，对我这专门爱写详细大纲的人来说，也是破天荒。

自己也知道不行，也腰斩了。战后出《传奇·增订本》，没收这两篇。从内地出来，也没带出来，再也没想到三十年后阴魂不散，又使我不得不在这里做交代。

去年唐文标教授在加州一个大学图书馆里发现四十年代上海的一些旧杂志，上面刊有我这两篇未完的小说与一篇短文，影印了下来，来信征求我的同意重新发表。内中那篇短文《姑姑语录》我忘了收入散文集《流言》。那两篇小说三十年不见，也都不记得了，只知道坏。非常头痛，踌躇了几星期后，我与唐教授通了几次信，听其口气是绝对不可能先寄这些影印的材料给我过目一下。

明知道这等于古墓里掘出的东西，一经出土，迟早会面世，我最关心的是那两个半截小说被当作完整的文章发表，不如表示同意，这样还可以有机会解释一下。

因此我同意唐教授将这些材料寄出去，刊物由他决定。一方面我写了一段简短的前言，说明这两篇小说未完的原因，《幼狮文艺》登在《连环套》前面。《文季》刊出《创世纪》后也没有寄一本给我，最近才看到，前面也有这篇删节了的前言。

《幼狮文艺》寄《连环套》清样来让我自己校一次，三十年不见，尽管自以为坏，却也没想到会这样恶劣，通篇胡扯，我不禁骇笑。一路看下去，不由得一直龇牙咧嘴做鬼脸，皱着眉咬着牙笑，从齿缝里迸出一声拖长的"Eeeeee"！（用"噫"会被误认为叹息，"咦"又像惊讶，都不对）连牙齿都寒飕飕起来，这才尝到"齿冷"的滋味。看到霓喜去支店探望店伙情人一节，以为行文至此，总有个什么目的，看完了诧异地对自己说："就这样算了？"要想探测写这一段的时候的脑筋，记忆竟然一片空白，真让人感到一丝恐怖。当时也是因为编辑催稿，前一个时期又多产。各人情形不同，不敢说是多产的教训，不过对我来说是个教训。

这些年来没写出更多的《连环套》，我始终认为这是一个消极的成绩。这两篇东西重新出现后，我本来不想收入集子，却听说盗印在即，所以不得已自己出书，至少还可以写篇序说明这两篇的小说未完，是怎么回事。抢救下两件破烂，也实在啼笑皆非。

《明报月刊》1976 年第 2 期

○
●

张爱玲未发表的家书

陈子善文

张爱玲最亲近的亲人不是父亲，不是母亲，不是胞弟，也不是早年的丈夫胡兰成和后来的丈夫赖雅，而是她的姑姑张茂渊。但她一九五二年离开内地前夕，却无奈地与姑姑约定从此断绝往来。待到姑姑通过其好友宋淇与张爱玲重新取得联系，已是整整二十七年后的一九七九年了。她在给姑姑的第一封信中感慨地说，我真笨，也想找你们，却找不到，想不到你们还在这个房子住。原来张爱玲告别故国前与姑姑同住于上海黄河路长江公寓，长篇小说《十八春》和中篇小说《小艾》就是在这里完成的。她的姑姑一直居住在长江公寓，直到一九九一年六月去世。

　　而今这幢普普通通的公寓已成了海内外"张迷"的朝圣之地。张爱玲的话剧《倾城之恋》一九四四年上演时，其姑姑曾写过一篇精彩的剧评，可惜至今未能找到。八十年代张爱玲虽与姑姑恢复联系，能够互通音信，互诉心曲，但通信时断时续，并不频繁。张的姑姑生前曾亲口告诉笔者，有时半年收不到张爱玲一封信，张爱玲的住址对姑姑也是保密的，信只能写到租用的信箱，信箱又经常变换。张爱玲始终尊重自己的性格和自己的选择，生活在一个几乎与世隔绝的孤独的文学和情感世界中，只是偶尔回到现实中来，向唯一的亲人姑姑（姑姑去世后则是向姑父李开第，也就是张爱玲当年留学香港大学的监护人）倾吐情愫。请看下面这两封一丝不苟、规规矩矩的信：

　　姑姑：

　　　　我过街被人撞倒，右肩骨裂，算 Broken arm。医生说让它自己长好。一个多月没去开信箱，姑姑的挂号信无人去邮局领取，三月廿日退还。我忘了说这爿店不代收挂号信。只好请再补一封普通寄邮的，月内可收到。Bevery Hill 信箱续租到八月初，可代收挂号信，隔日转到。

姑姑可好些了？KD好？

煊五月四日

姑姑：

今年二月我吃了五十年的埃及草药忽然失效，去看医生，医生向来将其视为一种毒瘾，不戒就不受理的（结果还是自己想法子改变煮药法才好了）。检查身体，发现有一种infection—a proteus organism，我问不出什么来。吃了药马上就好了。

可能是住了两年旅馆染上的，与皮肤病不相干。当时以为是跳蚤变小得几乎看不见，又再多住了两年旅馆。此外只查出吃的东西胆固醇还太高了些，虽然早已戒了肉、蛋。费了好些事去改。三月间过街被一个中南美青年撞倒，跌破肩骨，humerus fracture。这些偷渡客许多是乡下人，莽撞有蛮力。照医生说的整天做体操、水疗，累极了。好得奇慢，最近才告诉我可以不用开刀了，右臂还不大有用，要多做体操练习，皮肤病忽然蔓延到"断臂"上，坏得吓死人，等手臂好了再去看医生。眼睛也有毛病，好几个月了，要去看。有一两个月没去开信箱，姑姑的一封挂号信没人领取，被邮局退还。这些时日没消息，不知道姑姑可好些了，又值多事之秋，希望日常生活没太受影响，非常挂念。前些时就听说现在汇钱没用，汇来也无法买东西，一直想写信来问可有别的办法。上次来信伤臂写字不便，只写了个便条。姑姑千万请KD来信告诉我，让我能做点事，也稍微安心点。我等着回音，两星期去开一次信箱。KD好？念念。

煐八月廿日

（编者按：KD为后来成为张爱玲姑父的李开第先生。）

第一封信写于一九八九年五月四日，第二封信写于同年八月二十日。从信中可以清楚地看到张爱玲当时已经病魔缠身，又曾被人撞伤，情绪低落。而姑姑当时也已身患绝症，所以，她在信中殷殷询问"姑姑可好些了"，恳切地表示"让我能做点事，也稍微安心点"，至于信中所说的"多事之秋"，也是大有深意，可圈可点。如果说张爱玲晚年的书信是她创作之外触碰世界的一种方式，那么这两封首次披露的家书就是证明。它们虽然凄楚，却充满温馨的人情味。

发表于《明报月刊》1995年第10期

一个美国外交官与大陆女子的婚姻

严歌苓

　　媒是我的一位幼年时期女友做的。半夜，她打来长途电话，语气热烈地介绍道："他是外交官！中文讲得跟我一样好！……认识一下有什么关系？成就成，不成就拿他练练英文嘛！"

　　我想，女人千般万种，但在爱逛商店和爱做媒这两件事上，大多相似。此女友是我幼儿园里的小伙伴，从第一次婚姻中走出来的我即便对全人类都没了信赖，对这女友，我还是有一句听一句的。当然，对于一个年轻的美国外交官，我也难以按捺住自己油然而生的好奇。

　　下午六点半左右，我在女友的公寓准备晚餐。听叩门，我迎去，一个大个子美国青年站在门口，脖子上的细链吊着一块牌子，上面写"美国国务院／劳伦斯·沃克"。我们握手的一瞬，谁也不曾料到这块进入美国国务院的牌照将会是那么一种下落。更没想到，这个随意的相会在我和劳伦斯的生命中埋伏了那么戏剧性的一笔。

劳伦斯的确操一口标准国语，不时还带出北方人的卷舌音，"一会"，他是"一会儿"；说"花"，他必说"花儿"。一问，原来他在美国驻中国沈阳的领事馆担任了两年的领事。他的随和、健谈立即冲淡了这类会晤的窘迫。我挂好他的外衣后对他说："抱歉，我还得接着做晚饭，你先在客厅坐一会儿！"

他笑嘻嘻说："我可以在厨房里陪你聊天儿！"

他把一条胳膊肘斜撑在厨房餐柜上，跟我东拉西扯起来，三句话必有两句会逗我大笑。幽默至此的人，我还是头回遇见。谈了近一小时，我发现不是我拿他练英文，而是让他拿来练中文了。晚餐备好，女友回来，看着已谈得极熟的劳伦斯和我，打趣道："我感觉自己是个陌生人，错闯到别人家去了！"

他忙解释："你知道，美国外交官是不允许跟社会主义国家的人结婚的。"

不久，劳伦斯和我真处成了好朋友。他常领我去参观各种博物馆，从艺术到科技，从天文到历史。他进每个博物馆都免费，因为他每年收入的一部分都捐到各个馆中去了。一天，我跟他走过国务院大楼附近的一条街，他神色有些不对劲，那种天生的嬉闹逗趣，忽然全不见了，眼睛里有的只是警觉。他对我说："你最好装作不认识我。"

"为什么？"我纳闷地问。

"我不想让熟人碰见。"他有些尴尬地说。

"为什么？"我自认为还不至于使一个并肩走路的男人尴尬。

他支吾。

等我们在一个饭馆落了座，我仍是耿耿于怀，半打趣问他："怎么啦，跟一个中国姑娘一道走有伤体面？"

他忙解释，绝对不是因为我。他微拧眉头，身子凑我近些说："你知道，美国外交官是不允许跟共产党国家的人结婚的。"

我头一个反应是：他在胡扯，要不就是逗逗我。

"有那么严重？"我问。

"我希望没那么严重。不过在我们关系没确定之前，我还是应该保护自己，也保护你。不然他们会来找你麻烦的。"

我想，保护他自己该是最真实的顾虑，美国人嘛，保护自己，是挺正当、挺正义的一件事。我还是认为他在故弄玄虚，在他们美国人太过温饱平和的生活里制造刺激。

我笑了，说："你是 CIA 吧？"

"不是，是也不会告诉你。"他睁着诚实的蓝眼睛回答。

"那你肯定是！"我靠回椅背，感觉脸上的笑容已狡黠起来。

"真不是！"他又急又委屈，"是的话，我绝不会答应去见你！我只是一名普通的外交官！美国在五十年代初制定了外交官纪律，跟任何一个共产党国家的公民建立密切关系，都要马上向安全部门汇报。"

我又对着他瞅了一会儿，才认定他不是在开玩笑。

"那就不要和我建立密切关系。"我说，带一点挖苦。

"我想辞职。"他说。

我吃一惊："值得吗？"

"我宁愿牺牲我的职业。"他说到此沉默了，似乎在品味这场牺牲的意味。对于精通八国语言的三十二岁的劳伦斯，做外交官应该是种最合适的选择，甚至是仅有的选择。他天性爱游走，着迷于全世界的各种人文、地理，辞去外交官的职业，无疑是一种不得已的放弃。

"就没有其他通融的方法了吗？"我问，焦虑起来。

他笑笑："我辞职，比他们把我踢出来好。"

几天中，我脑子里一直盘旋着这个问题：难道我与他的结合必须以他的失业为代价吗？难道他在我和他的事业之间必须做一场哈姆雷特式的"To be or not to be"的抉择吗？好在我们并不在一个城市，我的学校在中部，距离可容我将这事冷静地思量。我俩都想安安稳稳相处一段时间，一方面加深相互间的了解；另一方面，他必须暗中联系工作，一旦外交部向他发难，他也不至于加入失业大军。

　　一年后的一个下午，我如常来到学校，一进教室，几个同学眼神异样地瞅住了我。我是系里唯一的东方人，所以我习惯被"瞅"。然而这回却不同。课间，一个年纪小的男同学跑到我身边来："你干了什么了？"

　　我反问："我干了什么了？"

　　"上课前有个FBI的家伙来找系主任和几个同学谈话，调查你的情况！我估计他是反间谍部门的……"

　　那么就是说，我正被怀疑为间谍？我吃惊得说不出话来。

　　"你敢肯定你什么也没干过？"他又问我，故意压低声，还机警地四处看看。虽然他们常在法律边缘挑衅，但真正让"FBI"操心的时候还不算多。

　　"FBI怎么会知道我？"

“听说是因为你的男朋友，是他把你的资料提供给他们的！”

回到公寓，我马上给劳伦斯打长途。的确是他“供”出了我。在不久前的一次外交官安全测试中，他在表格中填了我的名字和我的背景材料。在他对我俩关系的阐述中，他老实巴交写上了“趋向婚姻”。

“你没必要现在就讲实话呀！你不是在争取被派往罗马吗？”我急问。

“我们宣誓过：对国家要百分之百诚实！”他答。

电话中他还告诉我，刚填完“安全测试”表格，他便收到去罗马的委任书。我早了解到他对罗马和意大利的向往。他兴奋地开始计划，他将带我去看哪些建筑、哪些博物馆；他还告诉我，他的意大利语已通过了考试，但他仍找了一位私人教师，辅导他的口语。我的心似乎松下来，也许美国在冷战时期建立的规章已名存实亡，我和劳伦斯的关系或许不会给他的事业带来太大的害处。我告诉他，只要能帮他保住外交官这个不错的饭碗，我不介意 FBI 的打搅。

“FBI？”他吃惊道，“他们找你干吗？”

“他们不是根据你提供的资料调查我吗？”

“不可能！我填的安全测试表格是国务院安全部发的，FBI

绝没有可能拿到它！"他疑惑道，"你是不是听错了，把别的安全部门当成了FBI？即便是FBI，也不会这么快——我刚刚在表格上填了你的名字，他们已经找到你学校里去了……"

我说但愿我搞错了，还希望这是那男同学跟我开玩笑。

我发现他在摧毁我的逻辑，而逻辑是我的防卫。我看着他带有白种人冷漠的礼貌的脸，突然弄不清自己是好人还是坏人。

然而，就在当晚，我接到一个陌生人的电话，是个十分和气的男声："……别紧张，我是FBI的调查员。"他说，"请你明天上午到我办公室来一趟，好吗？"

我答应了，心"突突"直跳。这个约会辞令已很不美国化了，男人约见女人，首先该问女人何时最方便，由女人决定时间，而这位调查员却指定时间、地点。挂上电话不久，铃又响，拿起听筒，竟然还是那位调查员！这次他只字不提我和劳伦斯，天南海北跟我聊起来。他的中文带浓重的山东口音，我得费些劲才听懂。他的话题渐渐转向他的女儿——一个从韩国继来的小女孩。整整一小时，他在与我探讨这个三岁的韩国小姑娘的心理与行为。我只得捧着电话认真应付他，心里明白他的"闲话"不闲。

第二天上午，我准时来到FBI的办公地点，却不见任何人在会客室等我。十分钟过去，从侧门走出一个二十七八岁的男子，用标准的中文对我说，约见我的那位调查员生了病，只得由他代替来与我谈话。我跟他走进一间很小的房间，里面的陈设一看便知是审问者与被审问者的席位，四壁无窗，气氛单调得怵人。审问者倒是客客气气，不断提问，我回答时他就一一往纸上写。不一会儿我发现他的提问兜了个圈子回来了，我原本流畅的对答，变得越来越吞吐。

几天后，两个朋友给我打电话说，他们都受到了 FBI 的盘查，中心内容是核实我的证词。

我开始抗议，拒绝跟这帮调查员再谈一个字。马上，劳伦斯那边感到了压力。他打电话给我，口气很急："为了调查能尽快结束，请你忍一忍，配合一下！"

"我是个中国人，你们美国要做得太过分，我可以马上离开这个国家！早就看够了这种事——我父亲曾被一次次被审查、审讯；我从小到大的生活中，最多的是这种审问的记忆！我本以为美国是个最自由的国度……"我既悲又愤，哑了口。

"请你忍一忍，好吗？等我们结了婚……"

我厉声打断他："我宁可不结婚！"

劳伦斯在那边顿时沉默了。他意识到我生活中的宁静的确是被这婚约毁掉的，我的确因为他而失去了跻身于无名之众的安全和自由。我不敢肯定我的每个电话、每次外出是否处于某种监视之下。最大的讽刺在于：我是在美国懂得了"人权"这字眼，而懂得之后，又必须一再割让这项神圣的权利。或许，他们的人权是有种族条件的，对一个我这样的外国人，他们以为只要有一层虚伪的礼貌就可以全无顾忌地践踏过来。

劳伦斯在电话上流露出恳求的语气："你一定要忍耐，就算为了我，好吗？"

我答应了。我已意识到在这里做外国人是次等人种；次等人的人权，自然分量质量都不足。

转而，他兴奋地告诉我，他已收到了美国驻意大利使馆的欢迎函，以及他的职务安排、住房、津贴计划等等。我想，也许我的忍耐会给我俩带来美好结局，那么就忍吧。

半个月过去，那个带山东口音的调查员再次露头。他请我去他的办公室会谈，却再次迟到半小时。此调查员先生四十岁左右，个子不高，有无必要都张开嘴哈哈大笑，有种以假乱真的山东式豪爽。当你看到他一双油滑的灰眼睛时，你知道他的心根本不会笑。

"请坐，我们已经是朋友了！"他哈哈道。

我不置可否。

"怎么样啊？你和劳伦斯什么时候结婚？"

"还没计划。"我笑笑。

他装作看不见我脸上的疲惫和挣扎着压下去的反感。

又是一间不见天日的小屋。他开始问我父母的出生年月日，以及我自己在哪年哪月哪日做了哪件事。我仔细地一一答对，一个数字上的误差就会被认为成谎言。谎言不可能被精确地重复。

"这些问题，上次那位调查员已经问过四遍了！"我终于苦笑着说。

"是吗？不过我是头一次问你，不是吗？你的每件事对我都是闻所未闻！"他摇头晃脑地用着成语。

我突然意识到，上次他根本不是因病失约。他成心让那个年轻调查员先盘问我，目的是找出我两次答对中不相符的地方，那将是他们揭开我"真相"的索引。

问答还算顺畅。我有什么好瞒呢——出身于文学家族的我十二岁成为军队歌舞团的舞蹈演员，二十岁成为小说家，祖祖辈辈没出现过政治人物的家族到了我这一代，政治观念已退化到了零。

Is your father a number of ommunist party？

他突然改成英语问。我明白他的用心：他想制造出无数个"冷不防"。我在母语上的设防，极可能在第二语言中失守。一瞬间犹豫，我说："是的。"

问答又顺畅起来，如此持续了半小时，他无缘无故再次山东味十足地哈哈大笑起来，说我们的合作十分理想。我心松弛下来。他一面收拾桌上的案卷，一面不经意地对我说："有件小小的事还得劳驾你协作。"

"什么事？"

"假如我们要你做一次测谎试验，你是否会答应？"

这太意外了，我企图看透他似的睁大眼。

"绝不会费你太长时间，"他开导我，"这样可以大大加快调查进程。"

一时间我想到劳伦斯的话："请一定再忍耐一下，就算为了我！"

我点点头。

晚上我在电话上冷静地告诉劳伦斯，我接受了做测谎试验的要求。他那边炸了："你怎么可以接受这种无理要求？！这简直是人身侮辱！只有对犯罪嫌疑人才能提这样的要求！"

"那我怎么办？你以为我情愿？"我气恼并充满委屈。

"我要起诉他们！这已经成了迫害！……"他冲动地喊起来。

"让他们测验好了，我反正句句是真话，怕什么？！"我也大起声，心里更屈，觉得自己忍让至此，他倒毫不领情。

"这不仅侮辱你，也是对我的侮辱！你不应该答应！"

我抢白道："我也不应该接受你的求婚，不应该来这个貌似自由的鬼国家！"我一吐为快地说。

原来，我并没有着陆，这个国家不允许我着陆；我仍在一片茫然中孤零零地漂泊。

我挂断电话，独自坐在没开灯的房间里，一种寄居异国的孤独感头一次那样真实可触地浮现了。

劳伦斯第二天突然飞抵芝加哥，他很不放心我的情绪。我告诉他，我不愿为这场婚姻给他和我的生活造成那么多麻烦；我不想任何人推测我怀有某种意图来接近一个美国外交官；如此推测是对我尊严的侵犯，是对我人格的贬低。并且我也看到，我和他之间存在着两个国家。

"你别再跟我来往了。"我说。

"事情不像你想的那么严重，也许这只是例行的调查。"他安慰我，心里却十分没底。

劳伦斯回去后，打电话告诉我，他赴意大利的行期已定，他已向上级递了通知：在赴任前和我结婚。

"现在没事了——也许这场调查的结果是令他们满意的，否则他们早就该取消我去罗马的调令了……"他说，带着侥幸者的喜气，"他们再不会要你去做测谎试验了！"

我也感到了释然，情绪好转，与他讨论起罗马的旅行来。电话刚撂下，门铃响，从窥视孔看出去，我又傻了：来者竟是那个矮个子调查员。

"很巧，我散步时发现你几乎是我的邻居！"他笑哈哈地说道。

第一个直觉便是：几天来他监视了我和劳伦斯的行动？

我让他进门，让他以"浏览"为名侦察了我房内的一切。

"最近你忙什么哪？"我问道。

"很忙。"他答非所问。

"是不是你们必须创造一些事来让自己忙？"

他看我一眼，大概在琢磨我的出言不逊是由于英语不好还是由于教养不好。

"对了，我上次忘了告诉你日期，"他说，"你不是已经答应了吗——就是那个测谎试验？我想请你去填一张表，签个名，表示自愿做这个试验。"

我看也不看他，忙说："好的。"心想，事情还能坏到哪儿去呢？坏到头，就该好了吧？

我拿出笔，用力瞅他一眼。往这张表上签名的是什么人？没有比让一个说尽实话的人做测谎试验更屈辱的事了。

几天后，我却又接到一个电话，那人自我介绍道："我是外交部安全部的，我可以和你谈一次吗？"

交谈开始前，我告诉这位友善得多的先生，FBI已无数次向我提问过。

"FBI？"他大吃一惊，"这事与他们有什么相干？这属于外交部内部的安全问题……FBI怎么可能知道这件事的呢？"他逐渐显得愤怒和困惑，"你有把握这些人是FBI吗？"

"我去了他们在芝加哥的总部。"我说。

"活见鬼，他们有什么权力干涉外交官的安全审查？"他瞪圆眼睛，向我张开两个巴掌。

我拿不准他们是不是在跟我唱红脸、白脸。

他带推敲地说："我接到上级通知，说劳伦斯宣布和你结婚，我才来对你们进行例行调查。完全是例行公事！FBI告诉你对你审查的理由了吗？你不觉得这是很无理的吗？"

我摇头耸肩，我不能完全相信他的话，尽管他比FBI少了些警察气。对话完毕，我问："下次谈话在什么时间？"

他惊讶地笑一下："下次？我想我们这次谈得很成功，不需要下次了，不是吗？"

我长吁一口气。他送我出门时又说："你看上去很焦急，千万别。你们一定会结婚的，一定会一块儿去罗马的，我预先祝贺你们！"

星期四我上完了课，如约来到 FBI 总部，坐在接待室那张熟悉的沙发上等待。矮个调查员满面春风地迎出来，手里拿着一张表格，嘴里打着惯常的言不由衷的哈哈。

我刚要伸手接表格，他却突然一缩手，说："我希望这里面不带任何强迫。"

我面无表情地咧咧嘴，意在表现一种"死猪不怕开水烫"的大无畏。

"我希望这完全是出于自愿。"他更强调地说。

我说我明白。表格被郑重地递到我手中。我拿出笔，用力瞅他一眼。往这张表上签名的是什么人？骗子？小偷？杀人犯？

我还是像一切骗子、小偷、杀人犯一样顺从地签了名。

二十世纪末了，我和劳伦斯的结合还必须经历如此一幕，似乎古典，似乎荒诞。

回到家天已黑，答话机上信号灯闪烁，我打开它。上面竟是劳伦斯气急败坏的声音："……今天下午一点半，我得到国务院通知：我已不再有资格进出国务院大楼！……我去罗马的委任令也被撤销！"

我不相信自己的听觉，马上打电话过去。劳伦斯正愤怒得冒烟："混蛋！安全部刚刚来人让我马上交回国务院大楼的出入证……"

　　我立刻回忆起第一次见他时他胸前挂的那块牌子。

　　"你交了吗？"我问。

　　"我坚持要他们拿收据来，我才交……"他口气越来越急，我怎么劝他也安静不下来。从他不太成句的话里，我完全能想象他最后那个激烈却徒劳的行动：他接过收据后，将那张出入证一把夺回，狠狠用剪子铰成碎片。

　　我突然意识到，在我往测谎试验的表格上签字时，劳伦斯的命运其实已被决定了；也就是说，FBI 在向我强调这个测谎纯属我自愿的时候，已知道了外交部对劳伦斯的处置。为什么还不放过我呢？

　　我们在电话的两端沮丧着，沉默着，同时感到我们各自背负的东西是多么沉重。

　　"还没完呢——我还得去做那个测谎试验。"我说。

　　"让他们去见鬼！"劳伦斯说。

　　"可我今天已经签了名，同意做了……"

　　"从此以后，他们要再打电话来烦你，就直接对他们说：嗨，去见鬼！”

我想这大概是劳伦斯有生以来最愤怒的一次。他连夜给他认识的一位女议员写了信，将此事做了控诉性的陈述。几天后，女议员回信了，非常震惊，说她无法相信美国竟存在着这样一条规戒，更无法相信这条规戒真的被用来处理了一位普通外交官的婚姻选择。震惊之余，她表示遗憾，因为她不能为我们的损失做任何补救了；她所能做的，是在国会提案，争取改变这条规定，不使任何其他人重复我们的不幸。

一九九二年秋天，劳伦斯和我在旧金山结了婚。他得益于自己的语言天赋，很轻易便在德国政府资助的商会找到了工作，他负责西部分会。日子是宁静的、明朗的，但我仍会冒出这么个念头：他们真的放我长假了吗？我身后真的不再有眼睛、电话上不再有耳朵了吗？会不会哪一天突然跑来个人，又客套又威逼地邀请我去做测谎试验？

……谁知道。

纽扣的寿命比婚姻还长

舒婷

在德国的留学生，衣服旧得不能再旧，扣子依然还在，因此感慨万分，说：德国纽扣的寿命比婚姻还长。

很少听德国人说生活质量这个词，他们视为理所当然的消闲，中国人可能觉得有些奢侈，比如泡咖啡馆和酒吧，听歌剧，到乡下度周末等。而中国人的搓麻将，大吃大喝，以及现在颇为流行的卡拉OK，德国人则难以接受。

有个韩国学生来欧洲旅游，朋友要我收留两夜，那女孩问我：你能猜出我对德国的什么东西最着迷吗？我答："窗帘。"女孩很吃惊："你怎么知道的？"很简单，因为我也是。

十几年前来当时的西德，最令我赞叹不已的就是家家户户那精致雪白的窗帘，它们创造出一种安宁、温馨、典雅的家庭气氛，你可以想象窗帘后面的细瓷餐具，枝形烛光，舒伯特和施特劳斯，对于普通的德国家庭，这一点也不过分。

尤其是当一座大楼的所有窗帘，款式花纹八仙过海各显神通，但半垂的高度却整齐划一，你不知道他们究竟根据默契还是什么共同规则，来决定窗帘应该绾多高。德国人的精确、秩序化略见一斑。

因为眼光被窗帘吸引，自然窗台上的绿蔓盆花，阳台上的争奇斗艳一一入目。曾经专门带了摄像机，去拍那些美不胜收的空中花园，这些四时不败的鲜花给我的感动，有时竟超过了这里那里的教堂。

德国最多最普及的商店当是花店了，地铁口、火车站、马路边，随处可见。我楼下有位九十六岁的独居老太太，总是请邻居帮忙买一束鲜花，因为她说，缺什么都可以忍一忍，唯独少了鲜花忍不得。我到柏林第三天，就清理阳台，种上几色菊花，我的阳台都换了好几茬，邻居的总是此开彼谢，持久不怠，原来我贪便宜，花期太短，反而不合算了。在德国，种花很方便，花店一小盆一小盆花骨朵儿密密麻麻，按比例配好的一点点黑土，足以供养出满室芬芳。

还有一件更小的事，中国人和德国人都不会留心的是：纽扣。

每件衣服或多或少都有纽扣，我在国内每次从洗衣机往外刨衣服，都会顺手摸到一两个纽扣，再缝回去。就算买的新衣服，纽扣钉在衣服上用的线也很少，自己要回家重新钉过。这都还好，公共汽车上挤掉的、孩子在操场上跑掉的、电影院黑咕隆咚脱衣扯掉的，找不回来，上哪配去？只好全部更新，往往颜色款式相去甚远。

在德国洗衣，习惯性地往缸底摸索却一无所获，这才发现就连丈夫孩子的衬衫也不掉扣子，你在国内仔细看看，几乎所有男人的衬衫上，纽扣大同小异的比比皆是，一般主妇的针线盒里，都收藏着一大堆不同式样的衬衫扣子备用呢。特地到旧货市场翻找，在如山堆积的旧皮衣旧外套旧衬衫中，件件扣子赫然在目，好容易拉出一件时装外衫，缺了一个漂亮木扣，故意指着它向摊主发难，胖乎乎的土耳其女人不慌不忙掀开衣襟，原来衫里还钉着一大一小备用的扣子。

常常想，制衣工人的责任到位以外，钉衣线的牢固耐用不可忽视，我钉过的扣子转眼就磨断的事常有，对一个主妇来说，纽扣在生活质量中占有重要位置。

说与一留学生，他忽有所觉，证实在德国，衣服都旧得不能再旧，扣子依然还在，因此感慨万分，说：德国纽扣的寿命比婚姻还长呢。

回想——我爱上一个家伙

张晓风

我爱上一个家伙，这件事，其实并不在我的计划中，更不在我父母的计划中。

只是，等真相毕现的时候，已经来不及了。

这家伙的名字叫作——文学。

九岁，读了一点《天方夜谭》，不知天高地厚，暗自许诺自己，将来要做一个"探险家"，探险家是干吗的？我哪知道！只觉这世界有许多大海，而东南西北许多大海中有许多小岛，每个小岛上都有岩穴，岩穴中都密藏着红宝石或紫水晶，然而，我很快就想起来了，不行，我晕船，会吐。

然后，我发现，我爱书，只要不是教科书，我都爱。当然啦，教科书也得看看，否则留了级可不是好玩的，那年头老师和父母都没听说过世上竟有"不准体罚"的怪事。

母亲希望我学医，她把书分两类，一类是"正经书"，就是跟考试有关的。另一类是"斜撇子书"，就是什么《卖油郎独占花魁》那种。

有后辈问我读书目录，天哪，那是贵族的玩意儿。我十一二岁时整个社会都穷，一个小孩能逮到手的就是书，也不管它是什么路数。一切今的古的中的外的，只要借得到手的，就胡乱看了——然后，我才知道，我爱读的这些东西，在归类上，叫文学。

原来，我爱上文学了。

十七岁，我进入东吴大学中国文学系，这所大学的文学系比较侧重古典文学，我居然选不到"小说"课，因为没开。有位教授本来说要开的，后来又没开，我跑去问他，如果开，教什么？老教授说会教《世说新语》。那位老教授名叫徐子明，终身以反白话文为职志，曾有"陈、胡两条狗，'的''吗'一群猪"的名句。

我只好自己去乱摸索，在系上，文字学训诂学是显学，我却偏去看些敦煌变文及宋元杂剧或"三言二拍"，照我母亲的说法，这些也都属于"斜撇子书"，上不得台面。有机会，我也偷看鲁迅、钱锺书和冰心，看禁书别有令人兴奋的意味，但我觉得比较耐读的其实还是沈从文。

我自己也开始写小说，并且在二十世纪六十年代，东吴中文系终于开了小说课程的时候，我是第一个去教小说的讲师，一教便教了三十年。那时候，课程名称叫"小说及习作"，却只有两学分，只开在上学期，我必须讲古今小说，还要分析并讨论班上学生的作品，时间真不够用，后来才加为四学分。

我既然爱上"文学"那家伙，就爱它的方方面面，所以，连戏剧连儿童文学乃至文学评析都爱。

但我最常写的却是散文，后来回想起来，发现理由如下：

六十年代在台湾写现代诗和写现代小说的作者，必须半文半武。换言之，他们只能拿一半的时间去写作，另外一半的时间则用去打笔仗。光为了两条线，究竟该作"横"的移植，还是该作"纵"的继承，就吵得不可开交。诗界吵得尤凶，诗人似乎容易激动，就连出手打架的事也是有的。那时大家年轻气盛，觉得诗该怎么写，岂可不据理力争！这是有关千秋大业的事呀！好在这些都跟政治无关，只是纯斗嘴。当然，斗得厉害的时候，有人竟从明星咖啡屋窄窄的楼梯上滚了下来——好在当时大家年轻，没听到骨折那种事……

到七十年代，版画家李锡奇有次说了一句引人深思的话，他说：我们从前，吵来吵去，都是为了艺术。而现在，大家各自去开画展。见了面，不吵了，反而只是互问：

"哎，你卖掉了几张？"

他说着，不胜唏嘘。

我听了，也不胜唏嘘。

我当年不想卷入争斗，不知不觉就去写了散文。

应该这么说，当年的"诗""小说""绘画"是在"激辩""激斗"中摸索出他们的现代化文艺的"打球规则"。而"散文"和"舞蹈"则是没费一兵一卒或动一干一戈，"规则"自动就形成了的。

小说写得少，诗写得少，我也没太遗憾，把诗送进散文也不错，小说的叙事手法对散文而言也很受用，我其实是个爱说故事的人。

"烽火连三月，家书抵万金"，谁能说它只是一句唐人的近体诗呢？其中岂不藏着一位好导演可以拍上两小时的情节吗？

文学世界里的价值是可以互相兑换的，像黄金可以换珠宝，珠宝可以换现金，现金也可以换支票，支票可以换成提款卡，形式不重要，重要的是，它有多大价值。

这一生，有幸爱上文学这家伙，我觉得，挺不错的。

我爱上一个家伙。

发表于《明报月刊》2018 年第 8 期

浪漫的二分法

余光中

一

柏拉图的理想国里没有诗人；诗人的理想国里呢，最好是没有政客吧。

今年一月十二日至十七日，国际笔会第四十八届年会在纽约举行，到会的作家来自四十多国，多达七百余人，或谓此乃国际文坛空前的盛会。此举固然说不上举世瞩目，但在各地的文化界却有颇多报道，台湾的报刊上也有人根据英文的报道加以综合转述。最惹人注意的一件事，是美国国务卿舒尔兹应邀在开幕典礼上致辞。当时我正在场，可说"躬逢其闹"，愿意为香港的读者叙述一下。

那是一月十二日下午五点多钟，长长的一列大巴士把六七百位作家送到了纽约市立图书馆前。大家兴冲冲地下了巴士，摩肩接踵，排成了平行的两条长龙，只等进入馆中。不料龙头一点动静也没有，龙身虽然不安地蠕动，却不得入其门，不久，便成了两条死龙。天色早已变了脸，凛凛然有下雪的威胁。在猎猎的劲风里，几百位作家瑟缩成一团，最苦的，是衣带裙角随风摇曳的女士。高龄的名家太多了，缪思的队伍里至少有四位诺贝尔文学奖得主：月桂树简直在风中飘零。

这时有人向我们散发传单。接过来看时，原来印的是前一天《纽约时报》上的一篇文章，作者乃小说家杜克托罗（E.L.Doctorow）。文中抗议美国笔会会长梅勒（Norman Mailer）未曾照会其理事会，径自邀请官吏来开幕典礼上致辞。杜克托罗说："诸公主持美国笔会与本届国际笔会年会，对于美国有史以来在意识形态上最右倾的政权，非但认同，更且屈从，实在有违笔会的立意，此举不仅可羞，简直可耻。"六十五位美国作家在文末联署，成为一份抗议书。

寒气里闻得到火药味了。蓝衣星徽的彪形警察，阴沉沉地，背着大街，对着作家们列成的——什么龙呢？——僵龙，在人行道外一字儿排开。这一幕若是出现在别的国度，恐怕就难逃"警察国家"的恶名了吧？

就这么僵持了至少四十分钟，龙头才开始摆动。我们以每分钟二公尺的速度，蠕蠕爬上馆前的石阶，并通过门口的警哨。原来馆内也布满了警察，以冷峻无礼的态度催促我们前进。挤过衣帽间时，众人不免又要脱衣寄存。这么扰攘了约有二十分钟。济济群彦经过一番驱赶，好不容易像学童一般在戒备森严的南馆阅览室中一排排坐定，早已近六点半了。回头一看，摄影记者与随从僚吏之类，兀鹰虎视眈眈地高踞了大半个台架。

舒尔兹终于走向麦克风。才讲到第三句，忽然绽出了一个女人的声音，激昂而且清脆：Iprotes this presence here！我猜想那位巾帼英雄或许就是宋妲格（Susan Sontag）了。舒尔兹的演讲对作家们倒是特别客气，他不但维护多元价值，强调容忍争辩，而且斥责了审查制度。现场的音响效果很差，或者可以说是太好了，因此国务卿的滔滔宏论在阴影迷离的空阔大厅上，似强劲的回力球一样，反弹出一波又一波的混浊回声。我虽然努力收听，却还是觉得耳麻心乱，只勉强接到"自由""开放""进步""使命"一类的字眼词组。这还不算，讲到半途，至少有四次横遭台下的抗议之声打断，每次似乎又激起了新的抗议，那大概是对抗议的抗议了。其中至少有一声猛吼，是从金斯堡（Allen Ginsberg）的喉咙里发出来的。金斯堡的成名作正是《嚎》（Howl，英文的音义均似台湾方言），由他来嚎这么一声，也可谓不同凡响了。

舒尔兹讲完，梅勒又登台致辞，为自己辩护，并责备台下人的表现。此人的态度和语调，一贯盛气凌人。我每次见他，都觉其阴沉鸷猛，毫无儒雅之气，不知道做一位名作家何以要如此紧张，这未免也太辛苦了。美国人素有"当众洗脏衣"的癖好，这一幕，大概能让他们的一些文坛名流充分自涤自表，交代一番。明知这是"自由清流"的一贯作风，那一晚我坐在空洞而嘈杂的大厅里，却有平白听训、无端受扰的不快。相信有这感觉的不止我一人。

二

本届年会出给各国作家讨论的主题是"作家的想象与国家的想象"（The Writer's Imagination the Imagination of the State）。这论题显然有意把作家跟国家对立起来，而要作家争取个人的自由与自尊。以"自由清流"甚至"民主斗士"自任的某些美国文人，最喜欢鼓吹的正是这类论题；不但自己喜欢，而且指望别国的作家也跟着学样。

不过这般人的理想主义有时也会带来一些并不理想的后果。第一，在专制的国家他们根本不能鼓吹这些，所以只能回过头来，在自由的本国去斗容忍的政府。正如纨绔子弟眼看着对街的穷孩子饱受虐待，欲助无力，只好向自己的家里去撒娇吵闹了。第二，美国政府，总爱向一切受惠的国家推销其美式民主，在自由世界俨然成了民主的保姆。如此"替天行道"之余，不料就在保姆的家里，竟被自己的人民指为右倾保守，连国务卿也不见容于本国的文坛名流。这现象未免有点滑稽。第三，在某些国家，确有当行本色的作家遭受当局的迫害，应予营救。但在另一方面，也可能有些政治人物，其实与文学创作并无关系，却利用被压迫的作家身份来博取国际文坛的同情。由于语言隔阂，同时翻译不足，好作家在国际上往往无人欣赏，而备受瞩目的作家之中有些实在并不高明。

作家对当局的态度，以不亢不卑为宜。在某些国家，其态度失之于卑，是环境使然。在美国则失之于亢，恐怕也是迫于形势。无论就抵制舒尔兹的事件或就会中的高论看来，这一批"自由清流"似乎都在奉行一种浪漫的二分法，那就是：作家是圣徒，政府是魔鬼，势不两立。这些人在面对政客时，似乎具有洁癖，至少努力表示自己具有。

这种浪漫的二分法也曾激起异议。小说家冯内果（Kurt Vonnegut）就表示：请国务卿来演讲没什么了不起，因为美国政府原本来自民选，"身为美国公民，我对自己的政府也有责任。身为选民的责任，我们应该反省一下"。

秘鲁作家岳沙（Vargas Llosa）也说："大家都认为作家论政一定条理分明，政治家论政就必然盲目。可是就连大作家论政，也可能全然盲目，甚至用自己的名望与奇思妙想来促进的某项政策，一旦实现，也可能毁了自己的前功。"

这一番话，令人想起中国三十年代的一些名作家，他们一心以为，只要"革命"来到，国家就有救了。作家都是圣徒吗？大作家就有政治远见吗？且以美国为例。大诗人庞德由于反对资本主义，厌弃美国文明，竟然迷信墨索里尼之言，以为法西斯真能实现社会主义，乃于二次大战时，在意大利电台上攻击美国与罗斯福总统。盟军胜利前夕，他被捕解送回美，经过精神病医师的会诊，终以精神失常的理由逃过了可能加判的死刑。一九四八年，庞德还在拘讯期间，由艾略特主持的十四人评审委员会，竟投票通过将首届巴林根诗奖颁给这个待罪之囚，引起文化界一场激烈的论战。

这件事如果发生在中国，其意义，岂非就像抗战刚刚结束，竟把一项散文大奖颁给了周作人吗？

美国清流派的作家事事与当局"划清界限"，是由来已久的传统了。福克纳生前拒绝去白宫做客，白宫一笑置之，甚至在他死后，立刻发布一篇颂词。这在其他的许多国家，几乎不可思议。其实在国际笔会上邀请政府首长致辞，也已行之有年，不值得这么大惊小怪。一九八一年里昂之会，由法国文化部长致开幕词；一九八三年加拉加斯之会，致辞者是委内瑞拉总统。两次我都在场，未闻其本国作家有何抗议。美国清流派作家这种亢傲之风，虽也说得出一番民主自由的大道理来，可是当着各国客人之面来吵自己的家务事，总是失礼，令人厌烦。

我觉得他们此举，一方面固然是自表清白，炫耀洁癖；另一方面呢，说不定是给"落后社会"来的客人上民主的一课，推行义务的机会教育。不过这一幕生动的表演，外国的客人也不尽表欣赏。对于这种浪漫的二分法，颇有一些作家提出批评，其中说得最有力的，当推以色列的作家奥思（Amos Oz）。在《国家如何想象》的座谈会上，奥思一士谔谔，力排众议曰：

"我们这题目听起来有点像浪漫的无政府主义，说真的，有点廉价的二分法味道。一群圣徒似的作家，为了维护江湖上一切可爱而单纯的百姓，英勇向前，去搏斗无情无义的官僚政府：这种画面我不能接受。我不愿意搞'美人对野兽'的一套。"

奥思又说："国家并无想象。'国家的想象'只存在于某些作家的想象之中，包括在这次年会上出这个题目的那些作家。不错，是有一些作家死于狱中和古拉格式的集中营里，而另一些作家却享乐于宫廷和别墅。但是江湖上的那些'可爱而单纯的百姓'，却既不可爱也不单纯。我们明知道事情不那么简单，只要把你们自己的书拿来读一下，就明白了。'国家'是一种不得不受的罪，只因为有许多人可能无恶不作。何况有些国家几乎相当讲理，有些很坏，有些却要人的命。既然作家讲究的是精巧和准确，至少理应如此，那我们的任务便在辨别层次。罪恶之中也有程度之别，谁要忽略此点，必成罪恶之奴。

"仁爱之人必多疑虑，在道德上亦必多矛盾；一个人如何能怀抱仁爱，同时又与罪恶搏斗？一个人如何才能积极地抵抗狂热主义呢？一个人如何能战斗而不成为好勇斗狠之徒？一个人如何能对付罪恶而不沾染罪恶？又如何能对付历史而不受历史恶果的影响？三个月前在维也纳，我看见环境保护者在街头示威，抗议用天竺鼠来做科学试验。他们拿着标语牌，上面画着耶稣，围在受苦受难的天竺鼠之间，题的词句是'他也爱它们'。也许是的吧，可是我觉得有些示威者的样子，好像终有一天，为了确保天竺鼠不再受罪，他们会不惜枪杀人质。而这就是我发言的要旨——在某方面说来，所描写的正是我自己的国家，也正是散布各地，甚至遍布全世界的行善人士。

"我们不要把邪恶的想象推诿给国家，而把赎罪的想象归于自己。这一切无非是在我们的脑里——我们不可受诱于把真相简化的恶习。在不良、更差、最差的情况之间，我们应该知其区别。"

一九八六年三月于西子湾

爱恨假公园

张晓风

目前，我住的这所房子，我称它为新居。其实，已经搬进来第六年了，只是相较于一口气住了四十三年的故居，我习惯称它为新居。朋友偶然经过新居，总无限惊喜，说："呀，好哎！居然家门口就有一个小公园！"

我非常不领情，反而带三分怒气，回说：

"什么小公园，根本就是个'假公园'！"

"为什么是'假公园'，不是有草有树吗？"

"你仔细瞧瞧，那里有块牌子，说明这是建商买下的地，市政府嫌建地荒废在那里难看，就叫建商去'美化'。美化之后，等修建屋的时候，就可以'法外得恩'，建屋率比别人多出一些——你想想，买地皮来囤积居奇已经不是什么好事了，现在假假地种他几棵树，养几坪草，将来就可以多赚建坪，这种好事，为什么偏偏都落在建商这种'有钱人'身上？这种事，叫人一想就生气！"

许多人以为我是个慈眉善目的和详女子，其实，我常有"怒从心上起，恶向胆边生"的时刻。

因为是"假公园"，因为只想把地皮弄得美美地去虚应一下市政府，所以建商只放二十公分高的表土，种他几棵浅根的黑板树。这种树因为是外来种，禁不得台湾的台风，所以逢台风必倒，倒了当然得扶，年年倒年年扶——后来建商也变聪明了，干脆拉上铁线，向四面八方做辐射状，然后，用橛子固定。

唉，可怜的树，可怜的五花大绑的树，可怜的我的眼睛。可怜的大城市市长的思维。

试想，曾经，男孩和女孩以为树是永恒的，恋爱中的他们把名字刻在树皮上，"义雄美花永结同心"，他们认为树足以做个诚信的见证人，因为树是屹立不摇的，是时间和空间的常态，树皮可以做最美丽的"盟誓之书板"。

曾几何时，树已沦为廉价的商品，建商买来，五分钟内草草栽下，通过官方检查，证明他已"努力美化了预建地"，将来房子便可比"法定比例"盖得大些，卖的时候可以多捞个几千万，或者上亿的钱。

我记得我小时候，囤米的商人是可以判死刑的，因为米是民生必需品，靠大资本贱买贵卖，弄得有人会因为没米吃而饿死——这种商人，在那个时代叫奸商，奸商枪毙，人人曰宜。

现在的台北市政府却大发奖品，鼓励建商（对，现在叫"建商"，不是"奸商"了）"养地"，愈养，地就愈肥了，就愈有身价了，我们为什么还要给他们"更大的容积率"作为奖品呢？这制度，是我们人民的仆人——市政府——想出来的，这些公仆还真是恶仆！这种"邪恶制度"，已非一朝一夕之事了，我要反，也反不出个名堂，但骂几句至少可出气，至少可以"以警来者"。人类古今中外的官员，"图利己获利者"每每是常态，能懂得"公平"二字的人毕竟是少数。

我因恨这座"虚伪的假象公园"（台北市，这种临时公园成百上千），所以从来也不想去里面走走，仿佛与它有宿仇似的。但六月来了，假公园中有一株开粉色花的"缅栀"，花儿旋开旋落，我经过时忍不住俯身捡起落花，花中犹含热带花朵的郁香。我放它在掌心中看，竟不禁对园中的这棵树生出几分感情来。这种树是从前我们小孩叫它"鸡蛋花"的树，那时代这种花一律是黄心白瓣，大家都觉得与鸡蛋的蛋黄蛋白色组一致，所以叫它鸡蛋花，鸡蛋花的命名几乎有些孩子气。近年来才知道这种树的花除了"黄白"组之外，还有"粉白"组，花市中粉白组要贵些。

假公园的正中央便种了一株这种树，它的色组既非鸡蛋色组，我也只好叫它粉色缅栀。

公园是假的，我一向有几分恨它，但粉色缅栀却是真的——然而，我应该也恨那缅栀花吗？不能，当我把今晨落地犹艳的花朵捡拾在手，心中涌起的却是不忍，是轻怜。

这假公园不久后便会在一夕之间烟消云散，挖掘机一开机，眼前的红花翠叶便立刻碎为纷纷劫尘，取而代之的将是建商经过合法允许扩大了容积率的大楼。但此时此刻，掌心的缅栀花却是真的，我想我要深睇其容，深忆其馥，并且深怜其明日或即夭亡的宿命——这种深恸，你会称之为"爱"吗？

发表于《明报月刊》2016 年第 8 期

如果我做了地球球长

张晓风

一

有朝一日，我若大权在握，做了"地球球长"，我的第一道政令便是：每个人每年一定要种一棵树，像缴税一般，不种的要重重处罚。如果没时间去种，那就出钱请别人代工去种（加上去"护"）。至于，肯种第二棵的，小孩在学校里可以免费吃营养午餐。管他韩国、新疆、北京或香港、中国台湾，这世界最需要的东西不是打仗，不是主义，不是革命，不是国号，不是石油，而是——树。

为什么"本球长"硬性规定要种树呢？简单，因为我们不断地用树，当然得种树来补过啦！就算我们不用纸、不写字、不读书，也要用树木来做船、做桌椅、做板凳、做橱柜、做地板、做天花板、做床、做钞票、做棺材……就连耶稣钉十字架，这救赎大业，也得靠一棵树来牺牲自我，才能共襄盛举呢！释迦牟尼，如果没坐在菩提树下，享受那份清荫四垂，在印度的烈阳下，不中暑已不错，要悟道，简直不可能。

人类，一直在用树，于是把森林和高山毁了。人类也一直养牛羊，养少尚可，大规模养便把草原毁了。人类又成亿成亿地生孩子，孩子骄奢浪费，把水资源毁了。人类东奔西跑燃耗石油，把空气毁了……毁了这么多地球资源，请你种一棵树，你能说这要求很过分吗？

还有，人活着，是要呼吸的，人类每吸一口气，都要靠树来供氧，每吐一口气，都要靠树来为我们注销罪孽，人类不种树其实是丧尽天良的事呀！毁树就是灭人，植树才是扶人！

二

日本在发动"二战"以后，当然做了很多坏事。这个，用脚趾甲想也知道，要打仗，要求胜，能不杀烧掳掠吗？能不屠人成河、堆骨成山吗？不过，最近读了日本女作家佐野洋子的《无用的日子》，才发现日本人的另外一状罪行，又邪恶又滑稽又悲哀的罪行。

话说作者洋子颇算号人物，是个得过日本紫绶勋章的童书作家，民国二十七年出生在北京，她的堂姐桃子比她大八岁，二人不同的是洋子的童年在中国过，桃子则在日本。战争期间桃子堂姐读小学、初中，她纳入"学生动员令"，被视为"一份小小劳动力"。那时，她小女孩一个，当时家家缺钱缺粮，每个小鬼头都发育不良，体力衰微，她又能为伟大的天皇贡献什么呢？唉，有的，她奉命去挖树根，全班不上课，都去挖松树根。

我曾试做测验去拷问人，说：

"'二战'期间，老日叫他们的小孩子不上课，去挖松树根，你猜，是为了什么？"

回答一律是：

"应该是肚子饿吧？粮食不够嘛！"

也有人说：

"是为了做柴烧吗？"

如果是为了饥饿或缺食物燃料，那还稍稍说得过去。其实，不是，那时候日本缺燃油，有时连飞机飞出去都不加回程的油，

（可怜的"单程"神风队员！）油既不够，打主意竟打到松树根这里来了。原来，松树算是有油脂的树，据说榨它一榨，也可提炼一些飞机燃油，来增加空军战斗力……

当时十岁出头的佐野桃子虽不是什么高人，却也料事如神，她对自己说：

"日本会输，日本会输，日本已经沦落到靠刨松树根来提炼油料了，日本会输！"

日本果真输了，桃子居然大乐，听到"玉音放送"（就是"天皇之广播"的意思）宣布投降，她说：

"我太开心啦！以后不用天天再去挖树根啰！我自由了，从此可以放手去做我自己要做的事了！"

不知当年的日本小孩在动员令下刨了多少松树的根？不要笑我：

"神经病！日本在'二战'期间做的坏事可多了，挖挖树根算个什么呀？"

我想，我还是有理由来恨他们这一项罪行的，屠人又屠树，就连魔鬼，也想不出这么邪恶的主意吧！

发表于《明报月刊》2016年第2期

写给你的爱情故事

苗延琼

"我失恋了！若干年前我其实早已失恋，只是现在才真正面对罢了！"M幽幽地说，"问题一直都存在——她是那种戴着'柔弱'面具的'操控者'，十多年了，我总是对她充满歉疚，自我怀疑……例如她想要你送价值令人咋舌的奢侈品时，就会暗地揶揄你太吝啬，对她的爱与付出都不够……"

"这样子，你也受够了吧！能从这样的关系中猛然觉醒，不是一件好事吗？！"我回应。

M是我的好朋友，他是一位成功的专业人士，我一直不知道他在婚姻关系上的紧张和矛盾，可想而知，他一直压抑着自己。

"是的，不能令彼此成长，是时候要做一个了断！"他叹了一口气说，"一直以来，我跟她的关系是互相拖累的（codependence），我不断付出和迁就，以为这就是爱，不经意地，抑压和否定了自己的感受和需要；而我'拯救者'的角色，也阻碍了她的自主和成长。"

M 原来有一个失落的童年。

"我的父母要外出工作，从小我是家佣带大的。母亲是中学教师，对我十分严厉。我们之间冷漠疏离。就算母亲爱我，也不会以言语来表达。"

"所以你从小就学会独立，不想给人惹麻烦，事实上，你心底里也不敢过于'期望'别人给你爱和关怀，表现得自足，就不会被人看出自己的脆弱而受到伤害。"我接着说。

M 自童年从父母继承过来的，除了遗传基因外，就是母亲"逃避型的依附"。据闻，M 的妈妈童年时，也是在重男轻女、不被成人爱护和关注的环境下长大，"逃避型的依附"（avoidant attachment）属于不安全依附的一种，对他人不敢怀有被爱的"奢望"，故意表现得自足，更甚的是不断"强迫性"地付出（compulsive caregiving），借此肯定自己。

"我决定迁出独居时，初时也感到如释重负，一个月还不到，我却被那种无以名状的孤单感突击，我感到'存在'那种茫然若失的荒谬和苍凉感。"M 低下头喃喃地说，"她是我的occupation，occupy 我的时间，也是我工作以外的'职业'，离开她，我好像失业一样，一下子适应不过来。"

M 明白他并不无聊，事实上，有很多事情等着他干。M 是寂寞加上孤单。

"现在的自由，是存在的焦虑，在浩瀚的天地间，一种无所依凭的悬空。"

"不用怕呀，你还年轻，找另一个女孩并不会太难！"我鼓励他说。

"不容易呀！"M 叹气道。

我想起了小王子和他的玫瑰花，爱一个人，包含身心的投入，不惜为所爱付出心血，所以就算看到满园玫瑰，小王子魂牵梦绕的，仍是他曾悉心保护的那朵高傲的玫瑰。

难怪此刻 M 是那么心痛！

话说回来，社会上这么多为感情受困的案例，往往可追溯到生命更早期的人际关系，成人的人际关系，与儿时的亲子关系有莫大关联。若能觉察到自己的依附模式，在目前人际关系中如何不知不觉地运作，如实体察反省感情路上所出的岔子，面对和承认自己在其中扮演的角色，才有可能修补不良的人际"运作模式"，建立将来更加美好的亲密关系，更丰盛的人生。

　　M，我诚心祝福你。

终于等到我爱你

罗萌

　　小时候老师布置半命题作文，题目如果是"我爱……"那就算非常照顾我们了，小朋友其实无所谓爱不爱，但都心地纯良，要想爱起来也不难。主流的无非是"我爱爸爸""我爱妈妈"，出类拔萃一点的，气吞山河填上"我爱祖国"，肯定会让全班仰慕。我算是土生土长的上海人，不过从来没写过"我爱上海"，印象中班上其他小朋友也没写过。可能在我们前十几年的经验里，城市的独立意义没有那么强大。向自己的城市公然示爱，是这几年的事，而且从物质层面来讲，跟舶来品还有点关系。"九一一"是一个历史时刻，事件过后，"I Love NY"标签红透半边天，像会传染一样，"I Love HK""I Love SH"跟着纷纷出世。"我爱……"句型从小情歌变成大合唱，温度一到，即刻燃烧。

　　"I Love NY"这回换了个马甲又来勾引我们了。十年前是T恤，十年后是电影。《我爱纽约》算是二〇〇六年《我爱巴黎》的续集，这个恋爱清单则不知有多长（据说上海已经被选定做下任情人）。"我"又是谁？当然是众声喧哗。《我爱纽约》和《我爱巴黎》形式上差不多，都是短片合集，若干导演联合做集体表演，阵容上后者要强过前者，不过我个人倒是更加喜欢《我爱纽约》的噱头味道，以及把多个片段串联起来的耐心。短片集的最大看头，在于导演如何在有限时间内为我们制造出有意义的"一刹那"；而都市环境下看都市电影的优势，则在于坐在此岸电影院里的你我，凝视银幕上彼岸的一刹那，竟然可以驾轻就熟，好像看到了自己。当然，并不是说纽约就是香港，就是上海，它超越了躯壳本身。这些年来，都市在想象层面上的塑造简直可以总结出一段八股文，比如它是文化混杂的，是中西的大对撞，所以，电影里，突然间，外国人开口讲广东话，曼哈顿的酒吧传出崔健的歌，那是姜文带头给中国观众发纪念品；又比如都市是用来谈恋爱的，而且往往情不知所起，转头就不见。"巴黎""纽约"虽然有别，但同样可以做到人人有份；而我们借由媒介接收到的都市印象，最重要的就是"一刹那"。这一刹那，跨越阻隔，深情无限，套用《阿凡达》的台词，叫"I see you"；用张爱玲的话说，原来你也在这里。

等到一个机会，飘飘然说一句"我爱你"，是很浪漫的。这些天，我的很多朋友在网上的签名都变成：I Love Shanghai. 相互辉映，煞是感人。从周立波到电台事件，"硬盘"们并没有"圆润地离开上海"，倒是上海人民圆润地抱成了一团。世博宣传片教育我们"城市，让生活更美好"，"美好"也许事关将来，不过，对升斗小民来说，这两年来，"不美好"恐怕才是常规感触，在这种时刻下相互眺望着说出一句"我爱你"，又甜蜜，又苍凉。《我爱纽约》里讲了一个故事，男人夜晚在街头遇见美丽女郎，夜色朦胧，男人大诉衷肠，从感性讲到性感，情意绵绵，女郎欲拒还迎，男人愈发心驰神往。最后，男人问女郎："你是做什么的？"女郎告诉他自己的职业后，留下电话号码，翩跹而去。男人木然驻留原地，无限惆怅加上无限渴望。你不属于我，但是我爱你。

发表于《明报月刊》2010 年第 2 期

花开堪折直须折

平路

"花开堪折直须折"，最深刻的体会居然在衣服上。

多么美丽的衣裳，它美感的巅峰常只在一个季节。省着穿、舍不得穿，过了那个季节，明年再拾掇起来，镜子前望望，就是不对。走样了？过时了？眼光变了？自己身形没大变化啊，难道衣服也会在时间里自动胀大缩小？

搬一个地方，近的像香港与台湾，穿衣服的情调也变了。衣服是最有地域性的：当地买的衣服，材质与式样才适合当地的气候；衣料的明暗色系，也最能够折射出当地的阳光与水气。即以台湾与香港来说，台湾气候比较潮热，而香港的室内温度低，台湾可以穿明艳的丝或纱，香港则适合穿纯色棉毛衣物。

想通了就轻松了：搬家，其实是不用搬回衣服的。

带着走也占地方，防潮防蛀，还要抗拒时间的磨损。装在箱子里是不行的，抖开旧时的真丝衣裳，在针痕的地方，竟然碎成了点点粉屑，真像张爱玲写过的句子"陈丝如烂草"。除了丝，皮料也需要常穿，少了体温，少了空气进出，皮衣会截截断开，成为一片片飘零的肤屑。

美丽，存在于针尖上的一点，就算危颤颤地小心捧着，也只是一个季节的美丽。过了，就过了，留下的只是记忆。此后，望着旧时的漂亮衣服只会心生怅然——怎么都走样了，我，或者衣裳，或者我与衣裳一起走样了？

"花开堪折直须折"，写出这一个传唱的句子的杜秋娘年纪很轻，那年才十五岁。豆蔻年华的少女，何等的敏感心思，才能预知未来时间的残酷。

过了许多年，杜秋娘碰到杜牧，男诗人见了这位历尽沧桑的妇人，是因为"感其穷且老，为之赋诗"，诗中提及杜秋娘年轻时写的《金缕衣》，这"花开堪折直须折，莫待无花空折枝"的句子才得以流传后世。

美人迟暮，到了"穷且老"，那是不堪折的处境了。

早慧如杜秋娘，一世的浮沉之后，那时候，她更清楚时光在变什么样的魔术吗？

说起来，堪折的花朵或者心爱的衣服原是警示，好像是警幻仙子的偈语，提醒人们好景只有一瞬，而喜欢的衣服别放着，在最好看的时候就尽量穿它，千万别省着，下一季，摸着曾经喜欢的衣裳，很可能景物全非，已经是追怀的心情了。就像突然涌过来的抱香，那一瞬，香气弥漫鼻尖，嗅觉中似有还无的那种颤动，堪称感官体验的极致，就在下一瞬，香气飘过去了，留下的只是迷惘。

所以只有须臾，针尖上的一点，"须臾便堪笑，万事风雨散"，体验过这美好的须臾就可以放怀笑了吗？毕竟，那是属于苏东坡的豁达，不属于心思细腻的女性诗人。

为"剩女"的青春和尊严请命

刘剑梅

二十一世纪出现了许多新词汇，"剩女"应该是非常引人注目的一个。百度百科对"剩女"的定义是："教育部二〇〇七年八月公布的一百七十一个汉语新词之一，是指已经过了社会一般所认为的适婚年龄，但是仍然未结婚的女性。"

有人认为，"剩女"现象是女性自己制造出来的，因为这些女性的女权主义意识过强，所以不能与男性妥协而共处于传统式的家庭中。换言之，"剩女"是一个带有强烈的传统价值判断的贬义词，表现出对"嫁不出去"的大龄女青年的讽刺，同时也暗讽现代都市女性过于个性化、过于自我与女权主义意识过强的生活方式。

我在国外有许多女性朋友早已选择了所谓"剩女"的生活方式，而且大多过得非常潇洒。她们聪明能干，独立工作，买得起房子车子，之所以成为"剩女"，不是没有爱过，而是因为种种原因错过了步入婚姻的时机，到了年纪大一些的时候，不愿意勉强结婚，宁可选择独立自在的单身生活。她们的这种选择，在多元的现代都市生活方式中是很平常也很正常的，她们的自尊与独立不仅不会遭受任何非议，反而会受到同事和朋友们的尊重和认可。相反，我在国内的"剩女"朋友们，则承受着很大的心理压力，好像"嫁不出去"是不得了的错误，是因为她们的自我过于膨胀，不能委曲求全地过传统的婚姻生活，而到如今年老色衰还单身一人，成了世人眼中的"多余人"和"剩余人"，成了社会的异类。

衡量"剩女"的标准之一，就是青春，就是女性的年纪。倘若还是妙龄青年，还有嫁出去的可能性，还不至于沦为"剩女"。选择新型的独立生活的女性，有职业有房子，但是没有婚姻，而逝去的青春，则成了传统社会价值体系将她们定义为"剩女"的依据。这使我不由得想起二十世纪五十年代著名剧作家田汉曾经写过的一篇题为《为演员的青春请命》的文章，他为女演员短暂的演艺生命抱不平，呼吁领导对演员要有更细致、亲切的关怀，不要把她们宝贵的光阴浪费在开会上。借用田汉这篇文章的题目，我也想为剩女的青春和尊严请命。

在国内，女性只要一过三十，如果还没有结婚对象，就有可能被称为"剩女"，就要忍受周遭异样的眼光。这种衡量女性的标准，不是以"三十而立"，而是以"三十而嫁"；不是以学识和成就来衡量女性，而是以婚姻和美色来衡量女性。为什么这些拥有自我意识和独立人格的女性不能得到最起码的尊重反而会被视为"多余人"呢？为什么女性只能以貌美立足于社会，或者总得像灰姑娘一样耐心地等待着白马王子的出现才能得到救赎呢？

曹雪芹的《红楼梦》固然是"女性主义"的先驱者。不过，他只把青春少女看得如此神圣，对上了年纪的女性就没有给予同样尊贵的地位，因为在他眼里，嫁了的女性已经成了浊泥世界里男性价值观的传声筒。中国古代文学传统对上了年纪的中年妇女的塑造，不是贤妻良母型，就是对类似《金瓶梅》中荡妇类型，而中国现当代文学对"剩女"这类充满个性的现代都市女性的正面描写也才刚刚开始。

倒是西方文学传统对"剩女现象"一直都有充分的尊重和理解，比如在维多利亚时代就有许多"剩女"，像著名的女作家简·奥斯汀在自己的小说中写了那么多男欢女爱，可是自己却一生未嫁。

她在未完成的小说《华生一家》中，通过两姐妹的对话，表达出对"剩女"的肯定："我宁愿在一所学校当老师（我再也想不出更糟的事情了），也不想嫁给一个我不喜欢的人。"在当时，家庭女教师或学校老师是对女性开放的职位，选择这些职位的女性是靠自己的能力而不是靠婚姻来生存的，但这些女性最后往往会错过结婚的时机而沦为剩女。十九世纪的英国女作家伊丽莎白·盖斯凯尔在她的小说《克兰福特纪事》中写了一个维多利亚时代的英格兰小镇，镇里的主要人物是一群上了年纪的"剩女"，或"老小姐"，所以这个小镇几乎可以被称为"剩女国"。在这个平静的百年小镇里，她们的生活非常简单淳朴，虽然没有琼瑶式的大起大落的浪漫史，可却有点点滴滴充满人性的温馨，有相濡以沫的感人的友谊，有欢欣纯净的日常生活，有最基本的伦理道德秩序，有属于自己的空间和尊严。当现代性的象征——铁路——即将侵入这个古老的小镇时，她们一起抗拒，共同保护着这个平凡可爱的世外桃源，镇上的其他居民不仅宽容地接受这些剩女，而且非常尊敬爱护她们。小说中的这些"剩女"的年纪都非常大，可她们不但没有沦为镇里的"边缘人"或者"多余人"，反而成为镇里的主流，她们都有自己的尊严和独立人格，也都受到社会的尊重。

可惜在国内，"剩女"还是一个带有贬义的词汇。这些"剩女"被社会遗弃，被推向边缘，是社会把她们变成了"多余人"的，也可以说，"剩女"就是中国当代女性中的"多余人"。

　　说起"多余人"，我们都知道这是十九世纪末俄罗斯文学中出现的一组特殊的形象群体，如普希金的小说《叶甫盖尼·奥涅金》中的奥涅金、莱蒙托夫《当代英雄》中的毕巧林、屠格涅夫《罗亭》中的罗亭等等。这些"多余人"是俄国专制社会中最早觉醒的一些先进的贵族青年，他们不满沙皇统治，不愿意与腐败的贵族阶层同流合污，拒绝遵守社会的常规，于是被社会所拒绝与排斥，最终在社会上苦闷彷徨，成了一个多余的人。在俄罗斯文学中，"多余人"的形象富有深刻的精神内涵——虽然是社会把这些先进的贵族推成"多余人"的，但是更重要的是他们自己主动地选择了"多余人"的位置。他们的这种选择是个体有意识而能动地去思考与探寻人的心灵与灵魂的一种方式。就像《红楼梦》中的贾宝玉实际上也是一个"多余人"，是与传统价值观念格格不入的充满宗教悲悯情怀的"槛外人"一般。

　　在我的眼里，"剩女"就像这些俄罗斯文学中的"多余人"，与主流的世俗的价值观格格不入，但很有个性，很有自己的思想，是值得敬重的。她们重视的是如何做一个不卑不亢依靠自己能力生存的人，而不是成天琢磨如何能够嫁给一个有钱有势的男人，也就是说，她们的人生立足于自己的独立价值，而不是立足于男人的恩赐与救赎。如果真正的爱情来临，她们也一样会爱得轰轰烈烈，但是爱情没有来临，她们也不自怨自艾，因为她们有支撑自己的才干，有自己安身立命的房间，有不随波逐流的意志。在男人的价值世界里，她们硬是勇敢地在隙缝中开辟了一个充满女性气息的感性世界，并不为俗世的观念所动摇。

　　"剩女"这个新词汇，从表面上看，指向的是年龄，但从深层上看，指向的还是社会的传统价值观念。为此，我不仅要为剩女的青春请命，而且要为她们的智慧、勇气、尊严和独立的人格请命。

发表于《明报月刊》2010 年第 4 期

数风流人物，长沟流月去无声

倪匡

　　三毛感情丰沛，洋溢文中，极易感动读者。她的读者和她一样，都热情过人。我曾和她一起应邀在台湾各地会见读者，所到之处，人潮之汹涌，超乎想象。

　　更令人叹服的是，不独在台湾，后来在中国大陆，她本人和她的作品受欢迎的程度，同样超乎想象。甚至在香港，这个阅读风气并不太盛的地方，一样有极多读者，而且毫无例外，读者见到她，欢欣鼓舞，雀跃呼叫。这种现象说明她的作品能将读者带进一种热情澎湃的境界。

　　有一次和她一起在香港启德机场大堂（不知是为什么，想不起来了），三五少女一看到她，跳跃叫嚷而来，围着要她签名，用荒腔走板的国语和她交谈，欢欣鼓舞而去。三毛见我在一旁，就向少女们介绍："这位也是作家……"话没有说完，少女们扁嘴，翻眼，一副不屑的神情，呼啸散开，神情模样，可爱有趣。我看得哈哈大笑，三毛觉得不好意思，责备小女孩："怎么这样子。"

我笑答："正该这样子！"

三毛还曾"救"过我一次。那次在台北，一个不知是什么的座谈会，与会者自我介绍，个个自报学历，不是博士，就是硕士。轮到我，是"初中毕业"。

场面多少有些尴尬，三毛在我之后，大声自报："小学毕业！"

相视莞尔，后来她说，她正式学历，真的是小学毕业，这更说明，她天生是写作奇才。

三毛性子十分可亲可爱，随和近人。一夜，在台北天母古龙家中，一干人等聚饮谈笑，三毛站在酒吧前，背对各人打电话，酒吧柜上有一列射灯，她穿露背装，灯光射映之下，藕臂如雪，肩背线条柔美，成为一干人等视线的焦点，莫不叹为纯美之境界。

中有两俗子，一曰倪匡，一曰古龙，竟相约："一边一侧，去咬一口。"

两人胡作非为，三毛转过身来，嗔道："好啊！你们两个，须有一个要了我！"两人立时做 "石头剪刀布"手势，一个道："输的要！"一个道："赢的要！"

三毛赞曰："一个好！一个坏！"

古龙以手击额，他头大额广，拍拍有声，顷刻额上红了一片，频呼："笨死了！"

三人笑成一团——正因为稔熟如此，所以才有了"生死之约"。

"生死之约"名副其实，听来十分骇人，实际内容也确然有点怪异。

三人都对死亡存有不可解之处，却又都认为人死后必有灵魂，只是人魂之间，无法突破障碍沟通，要突破这种障碍，人所能尽力者少，魂所能尽力者多，所以约定，三人之中，谁先离世，其魂需尽一切努力，与人接触沟通，以解幽明之谜。

约定之后，每次共聚，都互相提醒，不可忘记。

没有多久，古龙谢世。

和三毛在古龙丧礼上，一面痛饮，一面仍念念有词："要记得这生死之约噢！"

世俗相传，七七四十九天之后，是魂归之日，其日，和三毛在她台北小楼之中，燃烛以候，等古龙魂兮归来。

结果，失望。

没有多久，三毛也谢世了。

这一下，魂方面力量增强，应该有希望可获得来自他们方面的确切信息了？谁知道日复一日，夜复一夜，依然信息杳然，竟然连梦中都未出现，别说是确切真实的沟通交流了！

噫！难道真是幽明阻隔，无可逾越？这谜团，看来要等到三人再次齐聚，才能有解答了？然而，到时即使有了答案，又如何让世人得知？念及此，不由得悲从中来。

怀悲读三毛，好像可以得到得更多。不信？试试！

　　附注：

　　宋陈与义《临江仙·夜登小阁忆洛中旧游》："忆昔午桥桥上饮，坐中多是英豪。长沟流月去无声。杏花疏影里，吹笛到天明。二十余年如一梦，此身虽在堪惊。闲登小阁看新晴。古今多少事，渔唱起三更。"

爱情里的"苦"与"贪"

孙康宜

在中西文学中，所谓伟大的爱情都表现出一个逻辑公式，那就是"恋爱即受苦"的悲剧定律。法国女作家乔治·桑（George Sand）曾借小说《霍勒斯》（*Horace*）的男主角口中说："如果我真的去爱，我宁愿受尽折磨……我渴望受苦，我要发疯。"可不是？从传统文学的上下文看来，没有受苦的爱不算真爱，没有受创伤的人不算爱过。

在许多人的印象中，受苦最深的悲剧情人莫过于《茶花女》（*The Lady of the Camellias*）中的男主角阿尔芒·迪瓦尔：在女友生前，他爱得死去活来，无法自拔；在女友死后，他悲恸欲绝，非得把死尸掘出，重新见她一面不可。据说作者小仲马的身世和经历与《茶花女》的主人翁有直接关联。小仲马曾迷恋名妓玛丽·迪普来西，一度成为她的情人，也为她倾家荡产，最后由于某种误会而断绝了往来。一八四七年玛丽死于肺病，死时才二十三岁。当小仲马得知噩耗时，撕心裂肺，欲去寻死，苦不堪言。当时正在西班牙旅行的他，立刻赶回巴黎。回来后躲在圣日耳曼的一间旅馆中，花了一个月的时间，含泪写成了世界名著《茶花女》。

总之，不论在文学中或是实际的人生里，爱情虽是至幸也是最大的不幸。因此有人说："恋爱有时像天堂，有时像地狱。"所谓"地狱"就是指如火煎熬的痴情。

一般人说到恋爱中的"苦"总是朝它伟大的一面着眼，很少有人把它与"地狱"的邪恶连在一起。但依我的看法，所谓"苦"实与人性中的阴暗面息息相关，而其中最大的问题，莫过于"贪"。

不难看出，《茶花女》的男主角正犯了一个恋人所常有的"贪"的毛病：当初他刚迷恋上玛格丽特时，只要赢得她的一笑，就能使他心满意足，如痴如呆。但后来一旦拥有玛格丽特后，他就变得心胸狭隘而多妒，于是屡次产生无理的要求和猜忌。更多的贪求与占有的欲望终于把一段两情相悦、至死不渝的爱情推向了愁恨的深渊——是一种嫉妒的激情使他一心一意寻找方法，去折磨那个对他一往情深的可怜的女人。最后一直到女人魂归离恨天之后，他才终于醒悟，终于看到自己的苛求与无情。当初玛格丽特曾警告过阿尔芒："男人眼巴巴地期望着得到一次的东西，给了他们以后，时间一长，他们非但不满足，反而要他们的情妇讲清现在、过去甚至将来的情况。随着他们熟悉了情妇，他们便想控制她。给了他们所需要的一切以后，他们变得越发得寸进尺。"（《茶花女》，郑克鲁译，南京译林出版社，1993 年，71 页。）遗憾的是，热恋中的男女很少有人能逃出这个陷阱。他们落入欲望的陷阱中，给自己套上锁链。

但今日"后现代"的爱情指向另一种可能——那是一种企图脱离"苦"与"贪"的哲学生命观。过去的爱必须是"死生相许"地全盘占有，今日的爱即提倡情感上的宽容与超越。这样的爱开始得很淡，也终结得很美。因此过去的情侣一旦反目，便很容易成为仇敌；而今日的情侣即使分开，还能保持长久的友情——那是比《茶花女》式的爱情轻松太多的感情。

○
●

时间里的一座孤岛

黎紫书

似乎是去年一月去过中东以后，身体的时间意识就被冻结在那里了。

在耶路撒冷。

我说真的。

也许是这些年四海旅居，忽而东，忽而西，终于把身体里的时钟给忽悠坏了。也许是身体已然厌倦了在时间的海洋中漂泊往返，一再调整自己去适应东西半球的时差。

时差这事可大可小，对身体而言，它们有如高低不同的路障，又或者是大小不一的壕沟，每一次跳跃过去，分寸拿捏各有差异。而我，盛年已过吧，身体老了，各种感官迟钝了，终于无法在变化无常的时间海洋中数算出经纬，以致它拒绝被拨弄，从此皈依十二时区，只为一种时间入定，再不为眼前的光阴左右。

于是，我体内那一艘巡行于时间之海，负责测光与计时的"时光号"抛了锚，在东经三十五度化作一座孤岛。

先是半年在台湾花莲，后来半年多在老家，我的作息时间始终与"当地"格格不入。凌晨两三点熄灯入眠，上午十时日头熊熊地烧旺了才悠悠醒来。如此总觉得自己的白昼比别人短促，黑夜却比别人的漫长，除了办事不便以外，还有伙食时间总也没法向家人朋友看齐。反正因着那内置的隐形时钟不为入乡而随俗，我回来后便仍觉魂魄零落，无法专注，仿佛心底深处仍然自以为是个过客。

原先我以为这只是寻常不过的时差综合征效应。可一年来它不曾消退，以致我无论做什么都隐隐觉得时间不对，或者说地点不对。

并不是我对中东有多么想念，毕竟我在那里只待了一个月，如今回想起来只剩下几个戴大礼帽穿黑色礼服再扎了两条辫子（且多数戴着眼镜）的白脸男子，走在耶路撒冷石砌的建筑物下。那岩石与沙漠及夕阳同一个色调，使得视野无止境地延伸；那些人如出一辙，表情姿态沉静，犹如画家巴尔蒂斯（Balthus）笔下有种厌世情绪的人像。

我只是想，如果时间自成世界，也许在它的地图里，也会有像死海那样的境地，幻境般存在于国与国之间的一个大裂谷中。我怀疑我的神志就落在那样的一个地方。既然落在那里了，除了仰面朝上，安静地随波逐流以外，对于自身的存在什么力气也使不上。我甚至不必感到茫然，不必害怕会被这时间的死海带到莫名之处，因为那只是个内流湖，除非被蒸发吧，否则我哪里也到不了。

身边的人总为我这情况担忧。他们说五脏六腑早有个天定的工作时间表，而且有些工作还必须于熟睡中进行，说得就像人体是个精工打造的时钟，里面各个脏器是大大小小的齿轮，一环牵一环，跳了一个就可能会乱了套。故生活起居、吃喝拉撒都得有时有序，在"正确的时辰"做必要的事。"养生"像是人类对身体的驯养，给它一个平稳的节奏，像是给一棵植物以土地，让它熟悉，让它沉湎，让它习惯。

但我的身体却不是植物，它是一艘往返航行于时区之间的船。它对时间的认知本该是善感多变的，朝可秦，暮可楚，而不该是从一而终的。如今它的问题正在于它忽然对某个经纬度忠贞起来，即使离开了，还依然执拗地坚守住那经纬度上的时辰过日子，像一艘船要化作一座岛。真说起来，虽对地理上的时间失去了触觉，却未必不知天时，并且在那轨道上作息饮食持之有道，守之以恒。

唉，我的生物钟出故障了，何必多做辩解，又何须为之大惊小怪，更何必动用各种修辞粉饰它，让它听起来颇有妙趣。我们明明知道，无论怎样保养这肉身时钟，主宰生老病死的，另有一个叫"命数"的定时器。它那么古老，大概就是个沙漏吧，用不上齿轮，也永远不会堵塞，而且它在云端之上，既然无人碰得着，人也就阻止不了它的运算。

说到底，飞行毕竟是不适合人类的。相比之下，火车会好些吧？想起两年前在加拿大那一趟四天三夜的火车之旅，景色像舞台上的幕布，一程一程地换，火车也从一个时区开入另一个时区。贴心的车长总把那变更了的一个小时偷偷藏着，待夜里乘客熟睡时，才把车上的时间调整过来。因而一觉睡醒，心志身体俱不觉已被偷天换日。

那时我想，这真像温水煮青蛙啊，你不知道是生命在时间上航行，还是时间的航道建在生命里了。

发表于《明报月刊》2015年第2期

射手座人语

黎紫书

我回去，我回来。

终于，不论在这里抑或在那里，我都得对人说"待我回去"。回怡保去，回北京去。两边都是起点，也都是归宿；不管我身在何处，都意味着别离。"回"这个字依然无解，它那涟漪般的形象让我神迷，是要扩张呢，还是要收缩？愈想愈觉得有点玄幻。

一回来气温骤降，仿佛过去一整个月，这儿的冬季都在苦苦隐忍，不等我回来便不肯发作。她用四五级的北风与零下的温度拥抱我，而因为旅途劳顿，机上夜不成眠，在热切渴望着十楼小房子那个凌乱而温暖的被窝时，我居然感觉到这冰冷的拥抱里有一座城市熟悉的体味，有欢迎的温度。（遂想到俗气至极的歌词之"我家大门常打开……拥抱过就有了默契，你会爱上这里"。)

但此城依然不是我城，出租车司机的口音我终究不太听得懂。这不懂便也是一种熟悉和亲切，仿佛似懂非懂才是常态；这样若即若离，将信将疑，说不清是生分还是熟稔的状态，才能让我感到踏实与心安。因为这是一座能收容我却不需要我付出爱，或给予太多关怀的城市。我像个借宿者或是个食客，行走其中却不会有太多的感情负担。这所谓祖国，所谓原乡，成了我岁月中的宾馆，生命长旅中的驿站。

迁徙与赶路成了常事，漂泊感便随华发萌生。我在一再转机的过程中常常想到"离散"这个词，它漂浮在我的脑海，一闪一闪的，像个求救信号，或一颗坠落海上的星星。在广州白云机场候机室里遇上一个老太太，因为太早抵达机场了，她有点过于热衷地对我这陌生人述说她此生的迁移，从桂林到天津，从中国到美国，然后在美国与中国之间酌量分配自己的年月和余生。老太太七十多岁了，身体健朗，话说得不无炫耀的意思。可这于我有什么好羡慕呢，到了那年纪，我大概已不想再出远门。我会想要一个小庄园，努力把大岩桐和风信子种好，收养一两只愿意听我唠唠叨叨的狗儿。如果情况许可，也许我会想把庄园改建成小旅舍，然后像只蜘蛛守在网中等待疲惫的旅者，好偷取他们的故事。

我甚至拿不准自己是不是还需要一间书房，也许我宁愿选择一把手风琴或一个很好的烤箱。不管怎样，我知道我不会再向往迁徙了，我不会想坐在候机室里要陌生人猜测自己的岁数，并向他数算自己曾经的所到之处。

告别老太太时，我记得自己说了"希望有缘"。老太太一脸怅然，对我说，恐怕很难。"以后我坐的飞机不会在广州转机了。"也许我曾经回以一笑，也许我表以一脸歉意，但我确知这样的机缘巧合与"飞机在何处转机"无关。真正关键的是：人海茫茫。正因为人海茫茫，大千世界的航线错综复杂，千丝万缕，正是一个玩捉迷藏的好处所。我知道自己随时可以借躲猫猫而遁迹，可以要来便来，要去便去。真的，我们躲不过的唯缘分和命运而已。而除了它们，还有什么可以把人与人圈在一起？

回来后终于又可以惬意地写字读书了。十楼够高了，仗着暖气，这几日我多半垂下窗帘，把灰蒙蒙的原乡和异乡都关在窗外，好让自己别再去思考我在这广大世界中的位置。可就在我安心地藏匿在连缘分也找不着我的角落时，西班牙哲学家 Ortega y Gassett 说的一句话却像圣诞树上的一长串小灯泡，总是在我幽暗的心灵秘境中忽明忽灭——"对待一个喜欢躲藏生活的生物，唯一适合的应对方式就是尽量去捕捉它"。

所幸这世上没有多少个像 Ortega 这样的猎人，因此我可以安心地像随季候来去的燕子伫立在横跨一座城市的某条电缆上。看看下面人头涌动，城市规划得如同蚁穴。四季更迭，流光暗换。城市从原乡变成异乡，或从家乡变成故乡。我指着密密麻麻涌动着的人群，对倒挂着的自己的影子说：看吧，那些迷路的朝圣者。

笑忘书

黎紫书

你也许还记得我，你也许已把我忘记。

重回北方，飞机稳稳当当地降落在土灰色的城市景致中。自空中鸟瞰时，底下惨雾愁云，一整座城市灰头土脸，原该像积木般耸立的高楼群看着毫无立体感。下机后车子往住处方向开去，路上树影夹道，都如剪纸，枝杈峥峥，鸦雀无声。

冬日的黄昏容易被省略，少了黄昏这一节，尽管车子开得那么快，仍赶不及在天黑前抵达住所。车窗外一轮落日红得虚幻，犹如电子屏幕上密集小灯组成的影像。它隔着一栋一栋的高楼追随着我的车子，像飘浮在地平线上的气球在追逐疾驶的火车，也不晓得什么时候它便消沉在风景里了,仿佛追着追着它就泄了气,便在某栋大楼背后坠落下来。

到了住所门外,天上浮着宣纸剪裁的半轮浅月,透光度高,圆未竟处隐隐可见毛边。这月亮真雅,素颜皎皎,犹抱琵琶。只是冬夜抬头见广寒,叫人难免打从心里感到冷。

公寓楼下的保安换了人,一个长者,被自己呵出的热气团团围绕。他十分热络,穿破白雾主动过来帮我把二十六公斤重的行李箱扛着拉着弄进电梯。我记得每隔数月回来,都会察觉楼下的保安人面全非。以前的几个都比较年轻,忠实憨厚的有,冷峻淡漠的有,可我已想不起他们任何一人的脸,仿佛在我的脑中,他们的面孔像雪似的会随着冬去春来而融化。

遗忘已经成为我的强项了。似乎我那小小的储存记忆的海绵体有一套过滤汰选的准则,每隔一段时日便把生命中所有不重要或无意义的脸孔删除,那是它自我维护的方法。

说来我的朋友若知道了,也许都不免愤慨。他们记得我以前做过的事说过的话,也能说出我的生日日期与小时候立下的志愿(尽管我自己已然忘却),而我却在走过每一段路以后,把路上相遇的大多数人当作云烟。只消拐个弯吧,身后人们的面容便如细雪纷纷,须臾融解,我只会带走人与人之间一些重要的情节。

而我从未企图辩解或祈求原谅。记忆是个行囊，它愈简便或许就能保证我这路能走得愈远。人生一寄，奄忽若尘，值得记忆之事我已尽力书写下来；那些不得不念想，却又不能以符号文字作记的，则都悉数镌刻在记忆深层。那层面坚固如碑，是记忆与时光混合后的结晶。我以为真正会影响我们的人生，让我们为它暗地里悄悄调整生命航道的，多属这类不便透露或不能叙述的人与事与情。大爱大恨多在其中，这些事或伤心或销魂，经历过一回便身心俱疲，遂连回首也不愿了，又何堪一遍一遍地追忆与述说？

记得曾在博尔赫斯某些文章中看过他屡屡强调——遗忘是记忆的一种形式。我虽认同，却也明白对于我身边众多友人而言，告诉他们这个无异于告诉他们白马非马，不说犹好，说了终究显得异端而诡辩。

于是我就不说了。这些年行走的地方多了，生活的据点不断增加，我经常会在空中想象自己正在拨动一个放满了各地明信片的旋转架。就这样吧，所谓过客，注定了只能在光阴和命运的输送带上，与别人擦肩而过，惊鸿一瞥。我对人对事都不愿过度缅怀，还有点得意地愈加放任自己的善忘。世界每天都在改变它的面貌，每天都有人为它漆上浓墨重彩以掩饰其沧桑与斑驳。倘若不时以回忆对照，不免多感唏嘘，时有伤怀，无益于心脾。

我遂不说。当我在家乡热闹的老食肆里，或在异乡清冷的大街上碰见一些似曾相识的面孔；当我看见对方一脸惊喜讶异，我微微举头，但笑不语。也许你还记得我，也许你已忘记，而无论我多么用力，实实在在已多半想不起来我们曾经在哪些人生场景中相遇。此事常有，又或许有些名字人们以为我该铭记于心的，我却感到十分陌生。因为深信自己记得与否并非重点，亦无损情报与故事的完整性，故而一般不置可否，只求成全对方叙述的流畅性。

我终究要遗忘这北方的许多人与事，不必等春暖，这个冬季我所默记过的许多脸庞将如薄雪融化。下次再来，这里恐怕会换了另一个保安吧。我掏出一点小钱塞在长者掌中，说你去买点热饮暖暖身子。说的时候我想起北京南站那家食品店的老板娘。两年前一个赶车的冬天深夜，在那唯一尚未打烊的小店里，她亲自给我热了一杯红豆杏仁露。一年后的冬天我再去，那里所有热饮都已涨价，而坐在柜台里的女人瞥了我一眼，饶富深意地说，收你老价格吧，你是老顾客了。

我自然已忘记了她的面容，但我记得那一瞬的领会与温暖。

因为不忘，那一瞬仍在延长。

聪明女人杨贵妃

林燕妮

　　杨贵妃怎可能集三千宠爱于一身？后宫佳丽三千，比跑马还难取胜，甚至比在奥运会中拿金牌更难，她有什么比其他佳丽突出的地方？

　　美貌是不消说的了，不过宫里的美人比比皆是，光靠美丽是不够的。我猜杨贵妃是个很有趣很好玩的女人，不然怎会令唐明皇玩到天天不早朝？她还懂得跳西域传来的胡旋舞，于今来说，是 disco 了，那么奔放时髦的女人，当然比木口木脸的普通美人可爱了。

　　这也不是一切，她聪明。皇帝爱屋及乌，杨家家族多得封爵，不过无论正史也好野史也罢，从没写过她向皇上有所地索取。不停地索取惹人厌烦，迟早会失宠，但是杨贵妃在皇帝身边二十几年都不曾失宠，可见她真的是个不能不爱的女人。

即使有名分的夫妻，相守二十年也不免互相生厌，何况她只是个贵妃，可呼之即来，挥之则去。她最大的优点是懂得感恩，男人最喜欢女人感恩。因得宠而凡事生骄，男人便不开心了。

有一回杨贵妃犯了错，皇上在盛怒之下要收回他所给她的一切作为惩罚。很多女人在这种情形之下会哭诉、求饶。杨贵妃两样都不做，只剪下一绺头发，夹在信内叫人呈上唐明皇。信内写的并非求饶，你猜她写什么？这个所有女人都要加以参考。

杨贵妃信内说道：我的一切都是皇上您赏赐给我的，我本来就没有，陛下您收回所有，怎算是惩罚我呢？只有我剪下的这绺头发是我自己的，那就把它给您吧。皇上看了不禁心软，马上宽恕了她。

这方法亏她想得出来，是条件反射也好，是小心计量也罢，总之杨贵妃做得很聪明，让皇帝自我感觉良好。花容月貌才华盖世的女人，有多少个拥有甜美的爱情啊？她们每每自视太高，宁死也不肯认错，更不甘心道歉，她们首先想到的是自己而不是男方，最终以失败收场。杨贵妃胜在摸透男人心理，所想到的不是自己为先而是男方为先，不是自辩而是令他欢喜。

　　男人是很以自我为中心的。安禄山造反，唐明皇逃难赴蜀途中，经过马嵬驿时，朝中禁军要求杀死杨国忠和杨贵妃，以振军心，否则按兵不动，皇上会为杨贵妃着想吗？不会——赐了白绫让她自缢，白居易所写的《长恨歌》便是写杨贵妃的故事，不过他是以男性的视角来写的。《长恨歌》是千古名作，白居易也没让皇帝变得冷酷，而是想象皇帝上天下地找寻贵妃芳魂，终遗下"此恨绵绵无绝期"。

　　《梁祝》的作者曾叫我以女性眼光把这个故事写成诗歌，把自己当作杨贵妃，她会问："皇上你这么疼我，怎么却让我死呢？"很有趣的题目，有空会尝试一下。

女诗人和佛法游荡者

北岛

十二、女诗人

我跟 S 是在汉娜（Hannah）家认识的，那是一九九六年夏天。女诗人汉娜曾做过钢琴老师，由她召集的诗歌小组，平均一两个月在她家聚一次。后来大家都愈来愈忙，很难凑上合适的时间，只好散伙了。

S 是那种一见难忘的人。她眼神坚定，面部线条明确生动。她说话快，似乎为证明语言的局限。她的诗中混合着女人的温情和伤痛。

诗歌小组解散后，我和 S 的联系如虚线般断断续续，但却有所指向——我们在互相辨认中老去。她长我两岁，转眼已头发花白。去年（二〇〇二年）春天我参加代表团去看望围困中的巴勒斯坦作家，随后她代表一个国际诗歌网站探访了我。我女儿报考大学遇到危机，绝望中我想到 S，她做过私立学校的学生顾问。头一次她跟田田谈话，仅三言两语，就解除了孩子心理上的紧张状态。我和田田都被美国大学的表格吓坏了，在 S 的引导下，我们终于走出了迷宫。

那天下午我们说完田田的事，S 讲到家世，让我想到她那些让人心疼的诗句：秋天阳光没有穿透力，停留在我家白纱窗帘上，随风飘荡。

她父母相遇在旧金山，婚后第二年 S 出生了。父亲刚从欧洲战场回来，因战争创伤开始酗酒。S 出生后不久全家搬到夏威夷，和一些画家住在一起。自然风光与画的互相投射，加上家庭危机的阴影，构成了她早年幻觉的来源。"那儿甚至有个茶楼。"她突兀地说，显然那是她童年生活的高光点。她后来成了画家，无疑与这一经历有关。

他们搬到南加州。因经济犯罪，父亲带全家逃往俄克拉荷马州，那年 S 仅八岁。警察找上门来，押送父亲回加州服刑。保释出狱后，他在一家电台工作。母亲改嫁，弟弟跟父亲住在一起。父亲酒后愈来愈狂暴，追打虐待弟弟。当时刚上大学的 S 赶去，坚持要把弟弟带走。父亲威胁说，如果把弟弟带走，他就会死。S 还是把弟弟带走了。一个月后，父亲因心脏病去世，年仅四十九岁。

说起父亲，S 的脸被痛苦与骄傲的双重光芒照亮："不喝酒时，他是个了不起的人，聪明能干。他没受多少教育，却创办了北加州第一个脱口秀。"她转而感叹道，"我们家有那么多灾难和噩梦。"她父母双方都有家族精神病史，那是个巨大的阴影。

也许是自强不息的个性拯救了她。由于家庭动荡，从小学到中学她转了十三次学。一九六五年高中毕业后，她先上社区学院，再转入大学，半工半读，直到一九七七年才大学毕业。又花了十年工夫，当她拿到英文与创作的硕士学位时，已经四十岁了。她成了她的家族头一个受过高等教育的人。

经历了一次失败的婚姻后，S 在一家画店打工时结识了楼下开餐馆的 D，他们很快就结合了。他们家庭和睦美满，育有一儿一女，已经长大成人。"可就在结婚两周后，我年轻的丈夫患心肌梗死，做了搭桥手术。"S 补充道。

他们住在萨克拉门托市中心一个安静的地段。那是个普通美国人的住所，陈设简单舒适。让客厅生辉的是 S 的画和雕塑。她画的是那种稚拙画，多为人物肖像，由明亮的平涂色块构成。这或许是她再现童年经历的努力——重返半个世纪前的夏威夷，让那个在茶楼观景看画的小姑娘沉湎于奇妙的幻觉中。或许是她内在的光明，使她最终能过滤苦难的重重阴影。

D人高马大，慈眉善目。我们喝加冰的苏格兰威士忌，佐以饭前开胃小菜。D是一家厨具公司的经理。他总是笑呵呵的，能看得出他对S的百般呵护和由衷欣赏。他说他是"艺术的守护人"，这话是三十年前结婚时跟S说的。由于对艺术女神的爱，这三十年前的诺言至今有效。在他的支持下，S辞去了私立学校的工作，致力于写作、画画，并照顾母亲。五年前她母亲中风，住进老人特护中心。S是我见过的最孝顺的美国人，她每天早晚两次去医院陪母亲。

S为女、为妻、为母，养家、写作、画画、攻读硕士，其性格坚韧可想而知。我想是她从父母的悲剧中认知到，必须保护自己的孩子，以免重蹈覆辙。那是历尽苦难的女人的心——宽厚、坚强而无私。

"我有个秘密，不想带到坟墓里去。"她突然压低声音对我说，"孩子们不知道我的第一次婚姻。今年圣诞节他们回来度假，我打算告诉他们。"她显得有点紧张。我劝她说，孩子们会理解的。

去年除夕，我请S夫妇及其他朋友在中餐馆吃饭。我悄悄地问她是否透露了那秘密。她眼睛一亮，徐徐舒了口气："他们真伟大，一点儿也没责怪我。"

十六、佛法游荡者之二

上午九点我和 D 开车出发，沿八十号州际公路转四十几号公路，过尤巴河（Yuba River），穿内华达城（Nevada City），在山里绕来绕去再上土路。按盖瑞·斯耐德事先传来的手绘地图和指示行驶，还是迷了路。里程表显示为一百零五英里，即使刨去弯路，也超出了原定的范围。但盖瑞是例外，他生活在常人的想象以外。

盖瑞身穿牛仔裤、棉坎肩，正在扫地。他夫人出远门看女儿去了。这是栋木结构的日式房子，周围是附属性建筑，诸如劈柴棚、工具间、洗衣房和厕所。近有池塘，远有谷仓改建的书房。他说他有一百顷林地。"那么谁来照管呢？"我不禁问。"自然本身。"他说，再用中文重复，"自——然——"

出门，细雨润无声。一种石兰科灌木含苞待放，是春天最早的信号。穿过树林，我们来到一栋日式禅堂。脱鞋入内，宽敞明亮，可容百余人打坐。

他把我们请进屋，以茶待客。老式火炉烧着木柴，噼啪作响。室内高大宽敞，房顶呈圆形，是用红松圆木搭建而成的，光从天窗漏进来。D是建筑商，对其结构叹为观止。这房子是一九七○年夏天盖瑞和几个朋友亲手搭建的，当时他们住帐篷，生篝火做饭。五年前这房子翻修，加了两间卧室和现代化浴室厕所。盖瑞领我们参观。卡柔患癌症多年，她的书桌上悬挂着各种颜色的纸鹤，共一千只，是她的亲戚们折的，祈愿她早日康复。几幅唐卡十分醒目，主卧室挂的是药师王。他对唐卡中的每个人物及细节都了如指掌。

盖瑞走到香案前燃香，双手合十，盘坐、击盘、摇铃、敲龟壳，念念有词。他用日文背诵《摩诃般若波罗密多心经》。完毕起身，再用英文解释："色即是空，空即是色，受想行识，亦复如是……"（form is exactly emptiness/emptiness is exactly form/sensation, thought,impulse,consciousness are also like this...）

我们来到由谷仓改建的书房，书摆满书架。他的书桌井然有序，中间是笔记本电脑。盖瑞有写五本书的计划，把我吓了一跳。他说每本书几乎都是靠长期不间断地写笔记完成的，数年前出版的长诗《无尽的山河》（*Mountains and Rivers Without End*）先后花了四十年工夫。

我们参观了金斯堡当年盖的房子。和盖瑞的相比，简直像个小土地庙。二十世纪八十年代初，这小庙刚盖好后艾伦还常来小住。后来他从师于一位喇嘛，每年夏天改去科罗拉多州博尔德（Boulder）修行，于是这房子连带地皮一并转卖给了盖瑞。现在由他儿子住。D问起他为什么当年会选中这块地方。一九六六年春，他、金斯堡和另一个朋友开车上山，到这里转了一个钟头，当场决定由他们三个人共同买下这块地，每公顷仅二百五十美元。

回到家中他准备午饭。我们围坐在火炉旁，吃火腿三明治外加朝鲜辣白菜，喝我带来的德国啤酒。说到即将来临的战争，他那饱经风霜的脸蒙上一层阴影。他写了反战的诗，参加了东京的反战游行。但多少显得有些无奈，这毕竟不是六十年代了。我提到我女儿对美国病的诊断，他完全赞同。

谈到美国诗歌，他认为有两个传统，即理性的幻想和诗意的想象。前者倾向于智力游戏，较抽象，使用文雅的书面语，从T. S.艾略特到纽约诗派；后者往往处于边缘，时不时卷入政治，挑战正统与权威，使用活生生的口语，从威廉·布莱克（William Blake）、埃兹拉·庞德（Ezra Pound）到罗伯特·邓肯（Robert Duncan），也包括垮掉的一代。说到时髦的语言派，盖瑞认为他们先写理论再写诗，其理论比诗有意思。

他刚退休不久，我问起他的教书经验。他告诉我说，即使他在学院里教书，却仍是旁观者，英文系至少有一半的教授不理他，他倒也无所谓。他上创作课先告诉学生，别把写作当成职业，那最多只是张打猎许可证而已。

盖瑞说到东岸人和西岸人的区别，首先是地理位置。由于离欧洲近，东岸知识分子和艺术家受欧洲特别是英国的影响大，尤其在新英格兰，以中产阶级的白人为主，教育程度高，注重书本。而西岸和墨西哥接壤，与亚洲隔岸相望，受西班牙和东方的影响大。而且到西岸的移民多，再加上印第安人，促成了文化风俗上的多样化。再就是由于西岸空间广大、地势起伏，耕种、采矿、伐木等各样的体力活动，使西岸人更注重与土地的关系。

他走到一张大幅的加州地形图前，从腰间抽出把折叠刀，用刀尖引导我们从地处平原的戴维斯出发，最终深入他那隐藏在大地褶皱中的家。内华达山脉像人脑的沟纹般展开。那刀尖又往重重高峰上移动。他和卡柔经常携背包爬山，到人烟绝迹的地方去。

临走，他给我和D各送了一本他的选集。他先认真试笔再签名，字体苍劲有力。他说当年做守林员独自在瞭望台时，自己研墨，苦练中国书法。翻开这本厚厚的选集，扉页的英文题记来自《论语》："子曰：学而时习之，不亦说乎？有朋自远方来，不亦乐乎？"

寂寞

王安忆

在斯德哥尔摩时，曾经去米勒斯花园博物馆。卡尔·米勒斯是瑞典当代雕塑家，已经去世，在他后几十年里，买了这座临海花园住宅。其中包含他车间样的工作室和收藏室，他热衷于收藏古希腊与古罗马的艺术品，所谓艺术品，其实大多是一些雕塑的残片，完整的作品很少见。当然，经过了这么漫长的岁月，辉煌的古代还能留给今人多少余烬呢？他的作品亦是经现代观念处理过的古典主义，人和动物多表现出一种向上升腾的企图。我倒是比较喜欢看他的素材，一些素描、速写、草图，有很大部分是描绘煤矿工人的劳动体态，多少给这座过于纯美的花园添加了一点粗糙却有力量的气息。

这所花园住宅坐落在海岸边。瑞典的海就是如此平凡，就像溪湾一样温和平静。你随处可见一泊碧水，却就是海了。米勒斯花园临海，这一日天气又好，海和天都有一种凝固的蓝，阳光则又将这蓝映得通透，简直有些飞溅开来的意思。园子里的白细沙地和雕塑的青铜，色泽异常饱和，在某种程度上减低了阳光的锐利，却增添了质地的细密。阳光下的北欧风景，总有那么一些不真实，就像人工的光和色。而建筑与花园呢，也有着一股小巧稚气的趣味，使人怀疑它们的实用性。尤其是当人去楼空之时，你真的很难想象这里曾经有过兴许还相当激烈的人和事。

米勒斯花园，除了展览和收藏以外，还开放了一些私人空间，让人们对这位艺术家获得更多的了解。在艺术家的活动场所里，常常会出现米勒斯的女秘书的一些物事。她的办公桌、她的打字机、她的书柜、她屡屡出现在介绍文字上的姓名，然后，还有她的一间带厨房、浴室的卧房，房间的装饰在简明的北欧风格中略掺有一些洛可可的华丽情调，流露出女性气质以及这位女士丰富的个性色彩。最引人注目的是圆桌上的一大束鲜花，盛在透明玻璃瓶中，硕大的杂色的花朵，绚丽极了。

在住宅的一侧，有一间偏屋，陈列着米勒斯妻子的一些画作。

画幅的尺寸中等偏小，题材是人物肖像和风景，肖像中有一些是她的亲眷，侄子、侄女什么的，水粉为多，笔触非常细腻，色彩薄透，画风相当甜美。你可想见，她是如何仔细和耐心地一点一点地画下。窗外是鲜艳的海景，特别有亮度，所有细节都整洁有序地排列在视野里。身边是热烈蓬勃的另一种生活，这住宅里的主体，并没有她的份儿。她其实不具有绘画的才能，甚至也许都说不上有什么兴趣，可是，这一笔笔的，就好像编织女工做她的活计，敞亮中变得格外空旷的时间便流淌过去了。

发表于《明报月刊》2003 年第 3 期

小范

王安忆

　　她是在我们这一带收废品的女人，姓范，人人都称她小范。她原先是一家国营厂的工人，国企改革的潮汐中，工厂几度停，几度起。有一度，很奇怪地，是生产火油炉卖给海湾战争中流离失所的伊拉克人民。不知道是谁，又是怎样得到这么一份订单，它将我们生活的一隅向国际社会开放了，还带有风云际会的意思。当然，结果是同样的，火油炉又滞销了，工厂再一次停工，工人们各自另谋生路。

　　小范她踩一辆三轮脚踏车，上海俗话叫"黄鱼车"，空着来，满着去；从各家各户收来旧报纸、旧书刊、废纸、易拉罐，再送往废品收购站，从中挣一些菲薄的差价。她在这一带人缘很好，人们都将东西留着，专等她来收。她呢，一点机会都不舍得遗漏。所以就两头黑地做，从没什么节假日之说。有一回，家中积攒的报纸废纸多了，她却老不来，便提出去，藏在消防楼梯的门后，觉得相当隐蔽，结果还是被人取走了，小范得知后，竟然一层楼一层楼地询问，自然问不出什么，十分生气。还有一次，她又有一阵子没顾上来，最后是她的丈夫代她过来收取。她的丈夫，同她一样，也是一家国营厂的工人，此时工厂半开半闭，于是，他便有时做，有时停。我对他说，弄堂里也不时有收废品的摇铃经过。但是，这个瘦削的男人敏捷地拦住我的话："那些流动收废品的人秤都不足的！"我的下半句其实是"让生人上门总归不方便"，他这样理解我的意思让我挺感动，因为他那么珍惜我的废品。以后，无论废品在家里堆积多久，带来多少不方便，我都一定等小范上门，绝不随便处置。

要说他们挺不容易的，两个人都没有稳定的收入，还要供养一个儿子。儿子读的是大专学的是美术设计，好歹读出来，却又去哪里找工作？毕竟这城市到处是美术设计的大专、中专、职高。

但是小范并不给人凄苦的印象，她拦腰系一个腰包，脚蹬跑鞋，头发剪短，压一顶旅游帽，全副武装的样子。一辆"黄鱼车"

踏得风快，如果遇到走路蹒跚或提东西的人，还会让他们上车带他们一段。她把废品码得见棱见角，如是下雨，再蒙上一张塑料雨布，四边掖齐，远远地看，就有点集装箱的风格。

有时看她在树底下歇晌，吃一块糕饼或者一根雪糕，和闲人聊着天，可见她并不苛待自己。后来呢，她又配了一个手机，使大家方便找她。总之，她将这种劳作的生活过得挺有趣，但她又不是混沌的，对将来有着计划，那就是花一些钱，给儿子讨老婆，那时候，将一室户的房子让给小辈，她和男人回乡下，所以还要攒够养老的钱。不过，事实却比预想的要好上一点点，有一位居民，就是她收废品的人家，应该也称作"客户"吧，给她的儿子找到一份公交车驾驶员的工作。当然，之前，她已经花了一笔钱让儿子考到了驾驶执照。在日复一日的劳动中，小范的生活好起来了。

山笑

林文月

　　深夜，斜卧床榻，随手抽取一本小几上叠放的书漫读助眠，已是常年的习惯了。书宜轻巧易掌握，内容勿过于深奥严肃，否则刺激兴奋，反失效果。左右两侧床头柜，日久累积的书籍，多属此类赏览多益的类别。

　　那一夜，原本已在左侧案上拿到一本书，忽又变心，翻身到另一侧书堆里抽出了体积特小的日本岩波书店口袋型书，这是一本关于文学的书，曾经阅读过一部分而未竟，书页间还夹着一张书签，大概是某一夜读到这里就睡着了吧。

　　姑且从有书签的那一页读起来。翻阅两三页后，忽有一张小小的比书签还短的纸片滑下，落在被子上。那上面印着浅浅好看蓝紫色的日文铅印字：

山笑语言的宝匣③根据《广辞苑》

俳句的季节语。谓众树一齐吐芽的华丽的春季景致。相对地，"山眠"指枯槁失却精彩的山，"山妆"则是被红叶装扮的山，各为冬、秋季节语。见于北宋画家兼山水画理论家郭熙的"四时山"。《广辞苑》虽未采入，但青青的夏季的山是"山滴"。

这几行文字是什么呢？雅极了，但无缘无故，与我手中捧读的书全不相关。

我把纸片反过来看。背面的正中央印着岩波书店新印制的《广辞苑》书脊样本。其上有较粗大的字体"信赖与实绩"，在此五字之下有极小的字排印着"日本语辞典的No.1"，书脊样本下方，亦有极小的五行字，标示五种不同大小的版本及其价格，也都是浅浅含蓄的蓝紫色。

《广辞苑》，是当今日本的重要辞典之一，由岩波书店编印，而岩波书店则是一九三八年创办的老牌出版社，其普及版袖珍型丛书更以携带方便，为一般民众所喜爱。

原来，正面那雅致有品位的蓝紫色文字，是为新的第五版《广辞苑》所做的广告。

然则，广告何以题为"山笑"，又引用郭熙"四时山"的字句呢？从"语言的宝匣③"看来，在此纸片之前，或许曾有过②及①不同的广告内容吧。辞典是追究语文的书，确实可以称为"语言的宝匣"。而根据《广辞苑》，"山笑"一词，是俳句（日本古典短诗）的季节语，典出于北宋郭熙的"四时山色"。到底原文是怎样的？按捺不住好奇，我索性从卧房走到书房去查究。那《山水训》的原文是这样的：

真山之烟岚，四时不同。春山淡冶而如笑，夏山苍翠而欲滴，秋山明净而如妆，冬山惨淡而如睡。

虽然日文的广告词引述的文字，把原文的"如笑""欲滴""如妆""如睡"改为"山笑""山滴""山妆""山眠"，以适合其语言习惯，而且文章的次序也略有变动，但郭熙的绝妙比喻，却被如此生动地化为一则其实是含带商业性质的文字里，不得不令人佩服！至于在四季不同的山色中特别择取"山笑"为题，从我原来阅读的书印刷发行时间推断，应是配合其春季版的效果，也是神来之笔。

中古时期以来，日本汲取中国文化以滋养其本土文化。他们的文士不仅写作汉诗文，即使和歌、俳句也深受中国文化的影响。这一段《广辞苑》的广告词，可以为证。

查得这些文字的来龙去脉，我心中释然。虽则睡意全消，却经历了一次愉悦的失眠。

发表于《明报月刊》2007年第3期

回眸扬州

舒婷

少年时代爱读闲书,掩卷以后胡思乱想,最是妒忌那风流老皇帝儿,怎么一次又一次去了江南?在我想来,江南不就是扬州吗?扬州是姜夔的"念桥边红药,年年知为谁生",是朱自清的"荷塘月色",是郑板桥的"六分半书",是石涛的"岁寒三友",是汪曾祺的"受戒",还是一阙据说已经失传的《广陵散》?

繁华凄迷的扬州,不只软香温玉,更有冲天的豪气与激愤,那是史可法;甚至渗透出一种蚀骨的忧愁和凄凉,把一个抱着妆奁掩脸投江的窈窕身影,留给了荒草萋萋的瓜州古渡,那是古典美眉杜十娘,让后人唏嘘不已。

九十年代初，我随了几位写诗的年轻朋友吕德安、朱文和程圆，经南京、苏州、镇江到了扬州，最后去宜兴参加一个笔会。

　　那时节，运河上还可以搭到铁皮小火轮，票价也便宜。小包间里居然设双层卧铺，像火车上的软卧车厢，只不过被褥椅凳甚至船板，都潮乎乎地吸饱了水分。真奇怪它怎么还能驮着些许闲人，安然浮在水面上？朋友们提了四瓶啤酒，几包花生、蚕豆和瓜子儿，盘腿坐在船板上，互相备考儿时旧功课。从"故人西辞黄鹤楼，烟花三月下扬州"到"十年一觉扬州梦，赢得青楼薄幸名"，再从"谁知竹西路，歌吹是扬州"到"天下三分明月夜，二分无赖是扬州"。最后我们大家都有点迷失，不知不觉做出诗人的样子，微醺而无语。是因为酒意阑珊？是因为诗韵丝丝入扣？抑或是江南三月的润物细无声？只见河道上细雨蒙蒙，不时有突突冒烟的小火轮和吃水深深的长挂驳船划过沉沉水面，随即严丝合缝，仍然是无迹无痕的绿泱泱软缎；两岸烟笼翠柳，娇艳欲滴的花枝掩面其中。远远看去，虽难识其真面目，却因为扬州有"五步一柳三步一桃"之说，便认定就是那薄命红颜的花界仙子了。

　　沿着青苔滑脚的石阶上岸，随即挤上公交车去著名的"个园"。当年的"个园"管理粗疏，竹枝恣长，遍地修叶，一株羞怯怯的琼花在假山前初绽笑容，像小小的双髻宫女，寂寥地缅怀着一段逝去的荣华。接着当然要去瘦西湖，还是搭公交车，没有导游也没有电瓶车。偌大的公园里人影稀落，信步走去，草地上咯吱咯吱到处冒水。唉，扬州真是一座柔情似水的城市。

远远寻得一座翘角乌檐、回廊雕窗的仿明清建筑，以为是展厅，不料是一家国营饭店。门口挂着小黑板，粉笔字潦潦草草：干丝、肴肉、灌汤包子。囊中羞涩的我们，毫不犹豫立刻出手，几样上榜经典全要了，灌一壶黄酒，坐在临窗的八仙桌前。菜是凉的，酒也是凉的，服务员大妈的脸色更无半点热气，其实无所谓啦。只见那没完没了的雨，忽儿斜着穿针引线，忽儿满天洋洋洒洒地飘絮，忽儿凝然为雾，忽儿虚无缥缈。雨的逢场作戏不但丰腴着天竺、海棠，倾倒了一棚矜持的紫荆，还把柳条儿撩拨得三心二意。盈盈清泪顺着柳梢溅溅潺潺，洇了一地鸢尾、麦冬、酢浆草。

良久。猛然相视，莞尔一笑，彼此的眉睫都是绿茸茸的。墙根那一株茁劲的爬山虎，似乎已经蜿蜒进骨缝肌理，萌动敏感而细微的触须。

第二次下扬州，仍然烟花三月，莺飞草长，只不过隔了十五年。

扬州还是扬州，平添无数声色。个园、何园、大明寺，已经修缮得美轮美奂。穿 T 恤、戴鸭舌帽、脚踏旅游鞋的游客，争先恐后，以照相机为连发机枪，瞄准每一处柳暗花明，恨不得都装进镜头打包带走。游人如织，聚蚊如雷，大概找不到一个清静的去处吧？此时，一支心静自然凉的古琴，自临河的沧浪亭悠然而来。一曲《春江花月夜》涤尽尘嚣，把虹桥上的油纸伞从历史烟云的远景中慢慢推进；一袭月白色绸衫凭栏而立，陪着一双纤瘦的不说话的绣花鞋；那潇洒打开的折扇上梅香若有若无，许是郑板桥或石涛的墨迹未干……

十五年前来扬州，虽然被扬州的春雨播弄得百感丛生，因慑于扬州的文风诗名太盛，只好把未发芽的诗意泡酥了，拿来下酒。此番来扬州，依旧是春雨多情接风，之后便由骄阳一路讲解。阳光下的古运河水绿如蓝；阳光下的老城曲巷更加魅力诱惑；阳光不但更新了扬州印象，还凸显出三十多个已建成开放的博物馆，正像层层叠叠绽放的花瓣，呵护着高高的古文昌阁，以这一支素馨花蕊为定音鼓，演奏一座历史文化名城的古与远、今与昔、回顾与梦想。

最终，夕阳把我们长长的身影带进长乐客栈。据说这座豪宅原是盐商卢氏的府第，如今成了扬州款待贵客的最佳场所。有广告词为证："入住一宿穿越千年。"为了保护古屋，我们在油光水亮的红楠木构大厅里用膳，精致的菜肴都在别处做好再流水般送来。在这里我再次邂逅鸡汤干丝、三丁包子和水晶肴肉，其味比较起十五年前已经不同凡响；又结识了一批新欢：三套鸭、蟹粉狮子头、将军过桥、文思豆腐、翡翠烧卖……哎呀，就连最通俗的扬州炒饭，只有在扬州亲炙，正本清源，才能理解为何一道寻常百姓饭，却能名扬天下颠倒众生。

一说到扬州那么多好吃的东西，总是念念不忘，双颊生津，真是没出息哪！不过，扬州荣获中国人居环境奖，除了城在园中、园在城中、城园相融的居住环境，美食的贡献应当功不可没。

古人感叹：人生只合扬州老。我虽如是想，却不得不离开。有幸当了三天扬州人，应当知足了，怎敢奢求！

发表于《明报月刊》2010 年第 1 期

孤独

吴冠中

多年前一位朋友搬家，他说真麻烦，以后不愿再搬，要搬就搬烟囱胡同（火葬场）了。后来他真的去了烟囱胡同，但并非一家搬去，只是他独自去了。

人生得一知己足矣

好鸟枝头皆朋友，幼儿园里皆朋友。小学同窗好友多；中学时代的同学大都讲义气，赤诚相见；大学时代知音渐稀，但相知者了解较深，感情弥笃。人生数十年，跋山涉水，出生入死，幸运与悲痛的各阶段都会有惺惺相惜的同路人、知己。但峰回路转，换了同路人，世事相隔，人情异化，故曰：人生得一知己足矣！在复杂多变的数十年人生道上，确乎难于永葆自始至终的知音。

人，从躯体到精神，是独立的个体，这硬道理决定了人的孤独，孤独是人的本分。但人偏偏不本分，爱群体，生活的欢乐和意义都体现在群体活动中——虽然人们也欣赏独来独往的老虎与雄鹰。有了群体，人们才步入创造，个体比之群体，其间差异难以衡量。创造成果人人共享，李白、杜甫、苏轼、陆游成了一家人，前仆后继力无尽，人类还将迁往无名的星球。但在波涛万丈的前进洪流中，一个个体像蚂蚁般消亡。消亡前，人往往苦于孤独感；消亡后呢，孤独感也消亡了，或开始永恒的、真正的孤独。

情侣双双殉情、夫妻携手共赴死难，都为了不愿分离，惧怕孤独，但毕竟都不得不分离，不得不进入各人特有的孤独、永恒的孤独。永恒的孤独转化为永恒的安宁，但人们留在群体的贡献代代闪光。

人生数十年，得一知己足矣，故古有伯牙摔琴谢知音。

发表于《明报月刊》2005年第3期

生不逢辰的诗人孙瑜

白桦

    我和电影演员王蓓一九五六年冬天在上海结婚的前夕，接到我的上司——解放军总政治部文学创作室主任虞棘给我的电话，他善意地提醒我："婚礼不可张扬，电影界是个多事的圈子，人也比较……"最后一句没有完全讲出来。我当然知道，他指的是电影人比较复杂，虽然对电影《武训传》铺天盖地的批判已经过去五年之久了，但在很多人的眼睛里，这些炮制《武训传》的人还是不太"干净"，有些人还留着"反动知识分子的尾巴"。我的领导猜测：王蓓的第一部电影就是《武训传》，她的婚礼，《武训传》的合作者一定会来参加，特别是她的恩师孙瑜。她是孙瑜先生从南京一条石板小巷里领到上海、领进摄影棚的。其实，我们压根儿就没有准备举行婚礼，只是想邀请极少数至交聚一聚，其中当然会包括孙瑜先生和师母，还有赵丹。接到北京来的电话以后就改变计划了，只在卢湾区领了两张结婚证，再承蒙乔奇、孙景路夫妇借给一间屋子就算结婚了。时隔多年，赵丹还为此忿忿不平。但婚后三天，在新人回娘家的日子，我们还是去看望了孙瑜先生。第一次见面时，我对他了解甚少，除了《武训传》的遭遇之外，只知道他是中国电影的奠基者之一，在美国学过摄影，青少年时代写过诗，曾经把唐代诗人、他的四川老乡李白的诗翻译成英文。他也是少数和中国早期伟大的电影演员阮玲玉多次成功合作过的导演。仅此就教我肃然起敬的了，第一眼我就看出他是一个真正的诗人，在他清癯的面容上充满了忧郁，但我并未想到那将是他终生都摆不脱的忧郁，因为他对许多事终生不解。五十六岁的诗人已经很苍老了，但他的眼睛还是那样明亮，心底里还充满着希望，他还要知道人们对电影的看法，他还有许多创作计划，全都准备自编自导。但是，我那时已经预见到他的计划难以实现。

在高层对《武训传》的指示里，在刚刚过去的一九五五年雪片般漫天飞舞的关于胡风的批判文字里，哪里会有孙瑜先生自由创作的空间呢？但我不忍心实言相告。从一九五七年开始，在文化界开展的政治思想运动，一次比一次严酷。

五十年代到七十年代，我是一个从青年到中年的人，他是一个从中年到老年的人，即使是同样的一段坎坷，他能活下去吗？我这个年轻人活着都很吃力。事实证明，他所经历的一切比我更加恐怖，无数次的批斗抄家，他一直被视为电影界罪大恶极的标本。但他活下来了，没有像傅雷、石挥那样轻生，奇迹般活到九十岁。"文革"结束后的那年春节我们去给他拜年，他的家很局促，一贫如洗，我却看到这位七十七岁的老翁，露出了罕见的笑容。面对他，很想问：您是怎样活下来的？但话到唇边却没有说，因为我怕忍不住会哭出来。接着我有一个冲动，想唱《大路歌》："背起重担朝前走，自由大路快筑完。"也许任何时候，他的眼前都有一条快要筑完的自由大路，他才活下来的。但他的诗歌、他的电影都夭折了。在晚年，只整理出版了《孙瑜电影剧本选集》和译作《李白诗新译》以及自传《大路之歌》。如果不是由于一九四九年《武训传》被扼杀，在电影王国里，孙瑜先生就是电影的一位巨匠。《武训传》摄制组的全体演职人员几乎全都带着一份相同的困惑走了。他们在走向生命尽头的时候，不知道问谁：我们在一九四九年充满激情地拍摄的影片《武训传》，还是一部有害的影片吗？他们至死没有看到《武训传》的重映。我的妻子王蓓还健在，但她已经淡忘了自己还拍过这样一部引起过"轰动"的影片，淡忘了在影片里扮演的那个楚楚可怜的小桃，淡忘了为此所受的诸多苦难，更不用说影片里的情节了。我不知道这是她的幸福还是悲哀。但我相信，我的小孙女们有希望看到这部影片将来的辉煌献映，那时，她们会十分惊讶地说：真有武训那样的好人吗？奶奶多么小、多么可怜啊！

发表于《明报月刊》2011 年第 4 期

红楼一角

二月河

　　三人果然都往宝玉屋里来。一进来，黛玉便笑道："宝玉，我问你：至贵者是'宝'，至坚者是'玉'。尔有何贵？尔有何坚？"宝玉竟不能答。三人拍手笑道："这样钝愚，还参禅呢。"黛玉又道："你那偈末云'无可云证，是立足境'，固然好了，只是据我看，还未尽善。我再续两句在后。"因念云："无立足境，是方干净。"

宝钗的"生日"风波

　　宝钗道："实在这方悟彻，当日南宗六祖慧能，初寻师至韶州，关五祖弘忍在黄梅，他便充役火头僧。五祖欲求法嗣，令徒弟诸僧各出一偈。"上座神秀说道："身是菩提树，心如明镜台。时时勤拂拭，莫使有尘埃。"彼时慧能在厨房舂米，听了这偈，说道："美则美矣，了则未了。"因自念一偈曰："菩提本非树，明镜亦非台……"说着，四人仍复如旧。

《红楼梦》第二十二回写宝钗做生日，钗黛湘与宝玉四个人发生矛盾冲突，终于又重归于好这一段。上面所引用文，其实是这件事收因结果的一笔，我来看发展的过程：因系贾母动议，且宝钗已到"将笄"之年，她的生日规格，高于以往黛玉的生日。林黛玉肯定是为这件事"吃味"了，她不高兴。宝玉去请她一同看戏，遭到她的抢白"犯不上跳着人借光儿问我"，看戏过程中发生了什么事？曹雪芹没说。但接下来的事更有趣。湘云当天晚上便整理行李，"明儿一早就走，在这里做什么？看人家的鼻子眼睛！"谁欺负了这位英豪洒脱的"女中丈夫"？不用问，肯定还是黛玉！

接下来便是宝玉忙着周旋她们之间的关系，劝湘云，毫无效应。又跑去劝黛玉，"刚到门槛前黛玉便推出来，将门关上"，在外头千声万声"吞声"呼"林妹妹"，好不容易才将事情弄明白了：是湘云无心，看戏时拿黛玉"比戏子"羞辱了她。宝玉大概给湘云递"眼色"制止了她这样比方，这使黛玉更不能容忍，这时连宝玉劝湘云的私语，也让林姑娘听了去，"我要有外心，立刻就化成灰，叫万人践踹！"

这段情节，可以算得上《红楼梦》最精彩的"典型故事"。

宝玉关心的是钗黛湘的团结。看似公证的心，却有所偏向。他本质上是深知黛玉又爱黛玉，他忙着要改善黛玉的"生存环境"，所以两头苦劝；其实这事与宝钗也大有关联的，但是他没去劝宝钗——他知道宝钗不需要他劝自能调节；他劝湘云"万人践踹"的话，可能林黛玉觉得应该是她所拥有的"专有用语"，反倒使她心灵受到了更大的伤害。所以她要毫不口软地大张挞伐："我恼她，与你何干？她得罪了我，又与你何干？"

这真是件无可奈何的事，一鼻子灰又一鼻子灰，碰得宝玉竟有了出家的念头。

赵姨娘的"法术"

马道婆见他如此说，便探他口气说道："我还用你说，难道都看不出来。也亏你们，心里也不理论，只凭他去。倒也妙。"赵姨娘道："我的娘，不凭他去，难道谁还敢把他怎么样呢？"马道婆听说，鼻子里一笑，半晌说道："不是我说句造孽的话，你们没有本事！也难怪别人。明不敢怎样，暗里也就算计了。还等到这如今！"

赵姨娘闻听这句话里有道理，心内暗暗地欢喜，便说道："怎么暗里算计？我倒有这个意思，只是没这样的能干人。你若教给我这法子，我大大地谢你。"马道婆听了这句话，便又故意说道："阿弥陀佛！你快休问我，我哪里知道这些事。罪过，罪过。"赵姨娘道："你又来了。你是最肯济困扶危的人，难道就眼睁睁地看人家来摆布死我们娘俩不成？难道还怕我不谢你。"马道婆听说如此，便笑道："若说我不肯叫你娘俩受人委屈还犹可，若说谢我的这两个字，可是你错打算盘了，就便是我希图你谢，靠你有些什么东西能打动我？"

新近，看了个什么电视剧，一个大家族正太太、老爷、少爷齐全在世，却由一群姨太太选举当家，黜处家人，无论宗亲男主人，说逐便逐，说沉井就沉井——我看了二十分钟，一笑便换了台。这是编剧的事。编剧无知：他不晓得"姨太太"在封建家族中的社会地位是怎样一个形态。要了解这方面的知识，你不须去查找类编寻觅资料。你看看《红楼梦》中的赵姨娘，还有周姨娘的情形就明了了。即使贾府姓贾的人死绝了，姓贾的正宗长房太太死绝了，也轮不到她们二位来吆五喝六——还有远房宗亲兼祧进来当家呢！

但赵姨娘是有个"优势"的，她为贾政生了个儿子，这个儿子姓贾，是"正宗主子"，女儿探春也是贾家娇客主子，而她本人在贾府，只有出现如下情形——贾环当了一家之主——她才能借势稍作舒张。这里选出的一段，便是贾府这个簪缨之族辉煌光明烛下最阴暗角落里发生的事。

这是两方情愿的阴谋，除掉贾宝玉和凤姐这两个最大的"前进障碍"，却从马道婆索鞋面子这个丁点小事开始，一个讨零星布施，一个穷发牢骚，一个安慰。反激得赵姨娘更加愤怒恚然："这一分家私要不都叫她（凤姐）搬送娘家，我也不是个人！"

由小到大，由浅入深，絮道家常中二人愈拍愈合，计议成策，戕害宝玉和凤姐的方案也就形成。马道婆图的当然是钱，赵姨娘的琐碎资助不能满足她的贪欲，赵姨娘所图者大，她要的是贾府的统治权。她一下子押了"五百两"的注来完成这份"大业"。这笔银子够她为父亲治丧二十五次，懂得清代生活开支的人都晓得这是天文数字了——而且还有事成之后更大的酬劳。这就掀起了《红楼梦》一书中最大的家族风波。倘若这个阴谋成功，整部书都要颠覆性地改写了。

宝玉挨打的事其实是一场家庭闹剧，表现的是治家理念与人情世故。而这，对书中所有人都是一次惊心动魄的震撼与灵魂的考验。

至于"魇魔法"居然有所效验，"五鬼"真的把凤姐和宝玉弄到鬼门关走了一遭。我们今日之读者，多有一笑置之的。

我读史籍及中外很多名著，这方面的事可说是如同"恒河沙数"那般多。我在自己的书里就有个贾士芳，贾士芳我看就是《雍正皇帝》一书中的"马道婆"；小说中的八爷便是"赵姨娘"吧。我事先就知道会有许多人不赞同这种写法，想了想，还是写了进去。

发表于《明报月刊》2007 年第 7 期

雪中春

迟子建

去年冬天，老天也不知有什么喜事，把大兴安岭当作了欢庆的道场，每隔七八天，就向那里发射一场礼花般的雪花。我在哈尔滨，一早一晚给母亲打电话请安时，她常常对我说："咱这儿又下雪了！"她从来都用"咱"来形容我自幼长大的地方，因为在她眼里，不管我走多远，那儿才是我真正的家。

她最初报告雪的消息时，语气是欣喜的；可是后来雪愈来愈大，她就抱怨了。她足不出户，可她的儿女们要上下班，雪天行路的艰难，她是知道的；而且雪来得频了，寒流入侵，室温开始下降，这对于腰腿不好的她来说，实在不美妙。更重要的是，大雪封山后，鸟儿找不到吃的，成了流浪汉，一群群地在窗外盘旋。

我们在故乡的居室，靠近山脚。山下有河流、树丛和庄稼地，春夏秋三季，这里就是飞鸟的乐园。鸟儿喜食的粮食和虫子，在那里都可觅到。想必吃得美吧，这时节的鸟儿，活泼明丽极了。

可是大雪封山后则不一样了，鸟儿可食的东西，都被掩埋住了！别看雪花是柔软的，它们一旦形成规模，积雪盈尺，那就成了一堵封在大地上的白色石墙，鸟儿尖利的喙儿，也奈何不了它。

母亲怜惜那些鸟儿，她异想天开，打开窗户，将小米撒到户外的窗台上，打算喂喂它们。

自从撒了谷物，她每天起床后的第一件事，就是奔到窗前，看外面的小米是否还是原样。

开始的几天，母亲在电话中跟我嘟囔："你说那些小鸟多傻呀！飞来飞去的，也不知低头看看窗外！你说它们眼睛不好使了，鼻子也不好使了？怎么就闻不到米味呢？"

我在电话这端直乐，逗她："小鸟可能嫌小米不好吃吧？"

母亲的声音提高了："那它们还想吃什么？！"

话虽这么说，母亲又在窗外摆上了另外的食物：葵花籽。

几天后的一个早晨，我正美美地睡回笼觉呢，母亲兴冲冲地打来电话报告："小鸟来吃米啦——吃了一大片！"

母亲说，天还没亮，迷迷糊糊中，她听见窗外有鸟儿叽叽喳喳叫。她并没太理会，以为它们不过如往日般一掠而过，哪想到是在享用窗外的小米呢。

打这天起，小鸟就成了我们家族的一员，母亲在电话里，几乎每天都要聊到它们。母亲说来吃米的鸟儿的队伍，逐日扩大，想必这是它们互相吆喝的结果。她还虚拟着鸟儿们之间的通话："哎，这家有米吃，快去吧！"说是这样一传十，十传百，小鸟愈来愈多。原来两把米够它们吃一天的，现在得好几捧了。弟弟去粮油店，特意买了袋小米，专供喂养。我吓唬母亲，说是山中的小鸟要是都知道她的窗台有米可吃，估计一天一袋米都不够。母亲豪迈地说："让它们可劲吃，吃不穷！"

在我想来，母亲喂鸟，也有点"还债"的意思。多年以前，姐夫在春天时，喜欢张网捕鸟。捕到的鸟，用开水秃噜掉毛，再用剪子铰了它们的腿，用盐渍了，油炸吃了。母亲说那时她没有阻止姐夫捕鸟，还吃它们，犯了大罪！她的腿摔伤骨折过两次，本来是路面的冰雪作的祟，可她偏说这是动剪子铰小鸟的腿，遭了报应了！所以母亲喂养找不到食物的鸟儿，我们姊妹都积极支持，起码这对她的心理是个莫大的安慰。

大兴安岭很少有这样的奇寒，连续多日，气温都徘徊在零下四十摄氏度。由于每天早晨开窗给鸟儿撒食，而室内外温差有六十多度，母亲受了风寒，咳嗽起来。此后，她撒米时，要戴上帽子，围上围巾。母亲告诉我，小鸟儿很胆小，总是天不亮就过来吃食。等人们起来，它们就无影无踪了。我说在它们的经验里，居民区里的粮食，都是诱饵，贪吃后往往丧失自由，所以十分警惕。兴许再过一段，它们白天也会来的。还真被我说着了，没过多少日子，母亲欣喜地说小鸟白天也来吃食了，它们吃饱了，还在窗台蹦蹦跶跶的，朝窗里望呢。

窗里当然有可望的了。母亲爱花，在窗台摆了一溜儿花盆。杜鹃、仙鹤来、兰花，还有我叫不上名字的一些花花草草，红红白白地开满了窗台。我想小鸟儿在户外望着那些花时，一定很疑惑：这家人，大雪天的，怎么过着春天的日子呢？

鸟儿赏花的时候，母亲也在窗前悄悄地赏它们。它们在不经意间，也成了她眼里的春色了！置身于一个鸟语花香的世界，想来母亲是不会寂寞的。

有一天，母亲神神秘秘地对我说，因为小鸟来得太多，吃得太多，外面窗台上积了厚厚一层鸟粪。爱洁的姐姐，有天抱怨起来，说是开春时，还得清理窗台上的鸟粪，实在麻烦。母亲说真奇怪，姐姐说完那话，第二天早晨起来，她发现窗台的鸟粪差不多都消失了！好像知情的鸟儿听着了那话，连夜把鸟粪给打扫干净了。她问我，是不是夜里刮大风给吹没影的？我说不大可能，因为鸟粪遗落的一瞬是新鲜的，它们会被寒风牢牢地冻结在窗台上。再肆虐的风，到了窗台都是强弩之末，不可能吹落鸟粪。母亲感慨地说："那还真是小鸟自己打扫的呀。"

在我眼里，小鸟的爪子就是笤帚。想想看，每只鸟都绑着一双小笤帚，它们清理起窗台的鸟粪，当然是一夜之间的事情啦。

发表于《明报月刊》2011 年第 5 期

你就别问了

毛尖

　　中国电视剧发展至今也快一个甲子，感谢万能的网络，中国的电视剧观众显然是全球进阶最快、阅历最广的，但是我们的电视剧主角却从来不受岁月腐蚀，不仅保持天真，而且越来越烂漫，这是最近看《武神赵子龙》的体会。

　　继曹操、刘备、关羽、诸葛亮等人后，三国大神赵子龙再次被荼毒，这个，说实在的，是意料中的事。不过我还是无数次地觉得编导把全国人民都当天线宝宝了。刘备想娶孙尚香，为了让孙尚香觉得自己不是一树梨花压海棠，刘备接受了修面师傅的整容，当然，因为电视剧中的刘备本来就很帅，所以修面前后其实没什么差别，但是，刘备修好面走出来，电视剧中的人集体惊呆了，天哪，哥您是谁啊？这么帅是复仇者联盟的吗？

这是眼下国产电视剧中人物的普遍智商，女扮男装的，在现实社会一分钟都混不过去的，在电视剧中能混一辈子。男扮女装的，终于被神探识破后，凭张飞般的颜值，还能恼羞成怒地质问对方："你是怎么看出我男扮女装的！"然后神探侃侃而谈整整一集，分析这个张飞女郎如何留下蛛丝马迹。这种"张飞女郎"要是在公交车上出没，肯定没人敢坐他边上，但是我们的电视剧里，男主会抛下如花似玉的女朋友，看上张飞女郎。

有时候真是不知道是电视剧中的主角口味奇特，还是他们真的就是那么纯洁那么不食人间烟火。《寂寞空庭春欲晚》是一个朋友介绍给我看的，她提示我，里面的一段台词非常能反映当时的时代风貌。台词如下：

男痛苦地：太监是不能娶妻生子的。

女愤怒地：为什么不能？

男回避地：你就别问了。

我看了这段台词后，马上觉得此剧编导真正实现了他们的目标：打造一部古典的爱情剧。至于什么是古典，武神赵子龙会告诉你，就是在身边无数的如花美眷中，去选择伦理上难度系数最高的，不仅因为这个选择是古往今来所有电视剧中男女主角的选择，更因为选了难度系数高的，像《武神赵子龙》，才能拍到六十集。发生误会，十集；生离死别，十集。而每一次相遇每一次分离，男主女主都会跟得了阿尔茨海默症似的，把过去的种种再复习一遍。

实在没法跟赵子龙继续复习三国，晚上看了两集《三八线》，虽然谈不上叫人眼前一亮，但在这么多天真的古典剧的包围中，此剧算是良心之作了。别的不说，《三八线》里的人物接近我们的正常智商。

最后透露一下，被问到"为什么太监不能娶妻生子"这样痛苦的问题，我们的男主选择回避，是因为这是国产剧的一个核心技术。

发表于《明报月刊》2016年第6期